仙人掌女孩2

青春期又怎樣？

文——達斯蒂・寶林
譯——楊佳蓉

推薦序

以溫暖陪伴度過敏感青春期

文／米露谷心理治療所策略長　陳品皓

作為一個執業十多年的心理治療師，我服務的對象從國高中生到大學的青少年。多年輔導經驗的觀察中，我所熟悉的孩子們，是一群處在身心衝突又為難的發展階段，他們內心總是被無盡的懷疑與自卑占據，卻又同時想在其中找到自己的價值與位置，他們處在人際關係的漩渦當中，想要和別人不一樣，但卻又極度害怕和別人頻率不合，成為邊緣。

於是陰晴不定、敏感違逆就成了孩子們在這個身心成長階段的副作用，也成為青少年來到心理門診的原因之一。

在青少年成長的道路上，需要面對的這麼多挑戰中，「人際關係」是我們團隊治療師遇到最多的困擾之一。從團體的接納、人際關係的表現、來自別人的評價、自己營造的形象、親密關係的發展等等，無一不是現在青少年心中在意又擔心的主題，然

而這些議題的核心，是每一個人自我概念的品質。自我概念與價值的高或低，不斷牽動與映射著青少年在人際關係中的表現與評價。

就如同在本書中的主角，在進入高中之後，一連串圍繞在她身邊的困擾，都和人際關係有關，然而如果我們再仔細看下去，你會發現最終的核心，是主角如何看待自己的結果。

看著《仙人掌女孩2：青春期又怎樣？》的同時，我不禁回想起這些年來會談室中的孩子，儘管接受輔導的原因不盡相同，但多半都有如上述的議題。因此，我很訝異作者竟能如此細膩，透過主角艾玟的視角出發，深入又貼近的道出了青少年的徬徨、躊躇、敏感與彆扭，如何在學校、朋友、親情與人際關係中展現，同時在艾玟的內心獨白中，我們深入的理解孩子情緒的流動，以及思緒的脈動。

儘管艾玟肢體障礙的身分，在青少年自我認同的發展中，是一個更為複雜又不利的狀態，但一方面我們卻也看到家庭的接納與同儕的支持，在孩子們身心發展的過程中，扮演了多麼關鍵的角色，以及發揮了深刻的影響，這在書中每一段主角艾玟與家人、朋友之間真情流露的對話與互動中，不斷的印證這一點。

不知道為什麼，我在看完《仙人掌女孩2：青春期又怎樣？》後，心中浮現一種療癒般的滿足，彷彿內心的某一部分被溫柔的看見同時，也被穩穩的支撐與照料著。我想或許是因為我們都曾經在成長的過程中有過各自的缺憾，而這份缺憾在這本書中，經由作者悉心的洞見，被溫暖而真摯的承接下來，於是療癒在閱讀中開展。

這實在是一本故事劇情流暢、文筆親和、引人入勝的佳作，不僅如此，對於每一位踏上自我探索之路的青少年、嘗試理解家中孩子的家長們，《仙人掌女孩2：青春期又怎樣？》絕對是一本值得大力推薦的雋永之作。

作為一個以促進青少年心理健康為職志的治療師，我由衷的向您推薦。

推薦序

孩子飛吧，朝自己的天空飛翔

文／薩提爾教養作家．小說家李儀婷

如果成長必須用一連串痛苦的經歷才能堆疊出長大的高度，那麼《仙人掌女孩2：青春期又怎樣？》裡女主角艾玟肯定就是每個人心目中偉岸的巨人了。

艾玟是個生下來就沒有手臂的女孩，光是這點，就讓艾玟在長大的過程注定得經歷比一般人百倍的磨難。

跟別人不一樣，無論是現在還是過去，都將是災難的起點。

小時候，我最害怕莫過於「和別人不一樣」，因為「不一樣」會讓自己變得顯眼，而這樣的顯眼會招來特殊的目光，在那些特殊目光中，總藏著針，讓人刺痛，讓人受傷。

記得幼兒參加畢業典禮，我忘記穿規定的衣服到校，導致我在群體中成為特例，雖然只有一天，卻成為我最難熬的時光，痛苦、彆扭、渾身如針扎。

只不過是和別人穿著不同，就如此痛苦，更何況沒有手臂的艾玟！

在第一集《仙人掌女孩》裡，艾玟用極度幽默感來回應世界帶給她的傷害，她的內在無比的強健，懂得兒童心理學的人肯定會發現艾玟的堅強，絕對不是靠自己一個人就能達成，如果以職場術語來說明的話，艾玟擁有一個「超級強大的團隊」作後盾，無論心理、生理或肢體，艾玟擁有可以與她共進退的父母、朋友，以及她自己的自我價值。

一個擁有自我價值的人，可以抵擋得住全世界的重量。

但如果她遇上的是世界末日呢？

《仙人掌女孩2：青春期又怎樣？》裡，艾玟升上高中，按照道理，國中時期面對人際問題都能迎面而解的艾玟，升上高中應該更沒什麼好擔心的吧？然而實情是，隨著年齡的增長，青春期的孩子心理也急遽變化。艾玟只是沒有手臂，其餘的一切和所有年輕女孩一樣，面對異性，一樣會懷抱著一顆怦然劇跳的心，這沒什麼好大驚小怪，這是正常女孩子都會有的歷程，然而當有人將這顆純樸的心故意拿來嘲諷，一般人都無法承受，更何況是天生長的不一樣的艾玟？

是的，艾玟在學校遭到霸凌了！

艾玟的情感被惡意的踐踏了，平凡孩子遭到這種事都難以承受，更何況是身體殘缺的艾玟，她全身如遭雷擊。

世界垮了，再也支撐不了任何重量。

艾玟的末日降臨。

她把自己幽閉在毀滅的黑洞中，把一直支持著她的堅強後盾（家人、朋友）拋在腦後，她越想靠自己一個人力量站起來，就越陷入痛苦的絕境中無法自拔。人是群體動物，無法獨活，而艾玟卻逆向行駛。

這是一部所有青春期孩子都會面臨到的「長大」課題，作者刻意將這個課題放在主角艾玟這樣一個特殊身分的人物上，更加突顯了青春期孩子在長大過程遭遇外在與內在的巨大壓力的痛苦處境。

還好艾玟的爸爸媽媽，以及她的朋友們，從來沒有放棄過艾玟，他們懂得「守候的藝術」，耐心的守候著她，一貫的愛著她，鼓勵她去做任何有趣的嘗試，包含參加高中舞會，讓艾玟自己去體會生命的豐富，等待艾玟自己長出生命力。

孩子成長的挑戰有成千上萬種，父母能做的，永遠是陪伴，也只有陪伴，能讓孩

子感覺到愛，在愛裡得到寶貴的能量。

這是一本一旦翻開就停不下來的成長小說，刻劃出青春期孩子的各種樣貌，我真心希望這本書不只給孩子看，父母更需要看一看這本書，肯定能從這之中得到教養的啟發，理解「陪伴」的真正含意。

艾玟的成長，因為身體的與眾不同，讓她得到比別人更多的關注，讓讀者體會「與眾不同」有時候會帶來厄運，但同時也肯定會帶來好事，艾玟就是因為特別，才幸運的得到父母的愛，得到眾多人的愛，而這些愛讓她有機會從生命的低谷生出勇氣，讓她願意為自己再度向天空冒險一跳，尋找屬於她自己的天空。

第一章

沒你一起走下去
這檔事我不願意

——「惡魔島之子」
（龐克樂團，二〇一八年在亞利桑那州斯科茲戴爾成軍）

我十三歲之前，住在平坦的草原國度，龍捲風肆虐，清爽的鄉間空氣充滿生機。然而爸媽帶我來到神祕的熱砂國度，到處長滿尖銳的仙人掌，沙漠的熱氣吸走生命泉源，我們掌管一座西部主題樂園，為許多小孩跟幼稚的大人帶來歡樂。

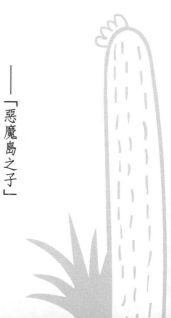

換句話說，我們從堪薩斯州搬到亞利桑那州經營主題樂園。換個方式來敘述聽起來不是刺激多了嗎？而且我希望大家相信這會是個刺激的故事。這個故事真的刺激到不行，各位可要做好心理準備。

生活出現許多改變。確實有些辛苦。新學校的同學對待我總是不太自然，情勢越來越危急，我不認為自己有辦法撐下去，幾乎放棄一切希望，直到那天我認識了康諾，他不斷對我吠叫。康諾成了我這輩子最要好的朋友，我們之間產生堅定的情誼。「超級堅定」的情誼。這種史詩級好事只能說是百年難得一見。相信我，無論你聽到什麼風聲，我們的友情都不容懷疑。

接著我們認識了錫安，一切更加順利了。我們三個人所向無敵，就像哈利、榮恩、妙麗一樣，只是少了點巫術而已，也沒有巫師袍。不過巫師袍真的很帥。

康諾是密不可分的一分子，是我們缺少的拼圖碎片，有如培根萵苣番茄三明治裡面的培根（當然了，我是番茄，番茄紅彤彤的又沒有手。錫安是萵苣，因為萵苣好大一顆）。康諾是我們這輛三輪車的其中一個輪子，是三腳架的第三隻腳，是耳朵裡三小聽骨的其中一塊。沒有培根的三明治成了枯燥乏味的素食，只有兩個輪子的三輪車根本只是腳踏車——對我來說，腳踏車真的是天大的挑戰。少了一隻腳的三腳架站不起來，只有兩塊聽骨的人沒辦法聽見聲音。各位，這是科學定理啊。

我看著五斗櫃上的穿衣鏡，試著不想康諾的事情。我穿著媽媽新買給我的綠色坦克背心，上頭有個可愛的仙人掌圖案，我很喜歡，但我轉過頭，期盼的望向掛在衣櫃裡的短袖襯衫。

不要。屋外氣溫超過一百度[1]，我才不要重蹈去年的覆轍。我穿綠色仙人掌坦克背心就好。上學第一天我要得意洋洋、抬頭挺胸的穿著這件衣服出門。

我回頭看著鏡中的自己，表情堅決，活像是急著上廁所似的。我稍微放鬆臉部肌肉，擺出「超然」的表情，這個詞超酷的，我今年要把它當成一切作為的精神指標。

喔，在走廊上跟我擦肩而過的小鬼舉起手要跟我擊掌，然後又和他那群朋友哈哈大笑？我這個人最超然了，下一秒就忘得一乾二淨。

有人在我桌上放了糖果做的手環跟戒指糖？我這麼超然，一堂課就吃得一乾二淨，被飆高的血糖搞得昏昏欲睡。

喔，那個拿紙團丟我，大喊「接一下！」的小鬼？我超然到了極點，以迅雷不及掩耳的反射神經，一腳把紙團踢回他那張蠢臉上。好吧，或許這個反應不太超然，可是很炫！

我繼續對著鏡子擺出最棒的超然表情。沒有人能影響到我。誰都不行。我在網路上看到一些同樣沒有雙臂的女性，她們在肩膀上弄了超酷的刺青，要是爸媽肯答應就

1 華氏一百度相當於攝氏近三十八度。

好了。他們的反應活像是我想在兩邊各刺一顆骷髏頭似的，明明我只想來一點花朵圖案或狼蛛。嚇人的蛇臉也不錯，眼睛是閃電圖案，水銀從毒牙尖端滴下來。真的，我爸媽實在是不講道理。

沒差啦。我就是要在開學第一天穿坦克背心上學，把沒有雙臂的事實清清楚楚的展現給大家看。我一點都不在意其他人的想法。

我的超然指數已經爆表。

如果康諾能陪我一起面對這一切該有多好。這實在是始料未及，做夢也沒想到。我總認定我們會一起面對新學校，沒想過他會離開，也沒想過他會在上高中的前一刻搬到三十分鐘車程外，名叫錢德勒的可怕地方，留我孤單無助的獨自面對。

好吧，我還有錫安、爸媽、突然冒出來的外婆、亨利和義大利麵（以及其他有點遜的動物），還有在驛馬道工作的人們，包括跟她家人一起經營新開的果昔店的女生崔比。但還是一樣。我完全無法想像康諾不會每天出現在我身旁，只能每星期見一次面，要是誰比較忙，可能兩個星期才見得到面，或者更慘，要隔三個星期才有機會碰面。我完全沒有想過這個可能性。

不過呢，我也從未想過會揭開自己驚天動地的ＤＮＡ祕密，或是在幾百人面前表演馬術秀，或是把惡霸打得落花流水，或是開學沒多久就獻上初吻。但你們肯定會對我能做到的事情讚嘆不已，就算我沒有雙手。

第二章

我永遠是個異類
但與眾不同不是罪

——「格格不入」
（龐克樂團，二〇〇三年在亞利桑那州鳳凰城成軍）

高中。

我認識的每一個沒有手臂的中學生（其實就我一個人），都會為這兩個字膽寒。

好吧，還有兩個網友。

三千個學生。

三、千、個。

我的中學也才七百個人。

別擔心。

我絕對做得到。

記住——超然。

我踏進學校餐廳，耳膜幾乎被學生們的喧鬧聲震碎。我在人潮間尋找錫安，發現他獨自坐在桌邊。不用特別幫我留位置，反正也不會有人搶著坐我們旁邊。

「終於。」錫安明明也才剛到，「我還以為你不會來了呢。」

「只是在幫陶藝作品收尾。」我把袋子放到桌上，腦袋從背帶中鑽出來，「我試著玩一下拉胚機，是老師的主意，不過我覺得一定很好玩。」

「我猜會弄得亂七八糟。」錫安說：「然後你每天都要花一堆時間清理，我就只能自己吃飯了。」

我瞇眼瞪他。「我決定了，第一個作品就是做個可愛的花瓶給你放在房間裡。」我刻意拉長聲音說出「花瓶」這個詞，「放在那堆髒衣服跟發黑的香蕉皮旁邊肯定特別有氣質。」

錫安翻翻白眼。我坐下來，脫掉一隻夾腳拖，用腳趾掀開側背包。暑假結束前，我淘汰了大部分的舊鞋。想要補擦唇蜜的時候卻被人看見鞋底有個明顯的黑色腳印，如此尷尬的情境逼得我放棄那些吸飽我腳汗的鞋子，就算它們還沒穿壞。現在我隨身攜帶擦腳的溼紙巾（好吧，其實原本是給人擦屁股用的，總之我拿來擦腳了）。

有人從我背後輕輕撞了一下。我轉頭，看到錫安的哥哥藍道站在後頭。「哈囉。」藍道露出燦爛的招牌笑容，他肯定是全世界最快樂的人，臉上總是掛著笑，我猜他遇到什麼事都笑得出來吧。

「嗨。」我跟他打招呼。

「嗨，老哥。」錫安擺出平時那張呆臉。如果說藍道以他的笑容提振氣氛，錫安就是有本事靠著他的……呆臉來破壞氣氛。雖然藍道才大錫安一歲，兩人之間的差異大到看不出是兄弟。

「一切還好嗎？」藍道拉出錫安隔壁的椅子，「上高中的第一天過得如何？」

錫安咬了一大口蘋果，費力咀嚼的模樣活像是在上有氧課。

「喔？」藍道掃了餐廳一眼，裝出凶狠的表情，「要我幫忙揍人嗎？」

錫安跟我一同搖頭。我知道藍道在開玩笑，不過他確實很保護錫安，即使他們自己也常吵得不可開交。兄弟。我真是不懂。

「艾玟，今天還順利嗎？」藍道問。

我聳聳肩，繼續用腳往包包裡面挖。「是不錯啦。廁所的水龍頭完全不聽使喚，還沒有檯面讓我坐。烘手機不用也罷，反正它形狀詭異到我的腳根本放不進去。」我總算找到要找的東西，用腳趾頭夾出來，「太好了，我找到乾洗腳啦！」

藍道笑出聲來，伸出雙手。「跟你分一點。」我往他掌心擠了一些，他揉揉雙手，湊到鼻子前。「噁！」他大叫，「也太香了吧！」

「真的，現在你聞起來跟女生一樣。」我說。

「你應該要警告我才對。」

我露出無辜的笑容。「抱歉，小藍，需要順便借你脣蜜嗎？」

「不了。」藍道說：「所以一切都還好？」

「你不用擔心我們啦。」錫安說：「去跟你朋友一起吃飯吧。」

「你確定？老弟，這是你在高中的第一天耶。」

「確定，今天也是你的開學日。」錫安比了比坐滿風雲人物的桌子。我第一天上學，怎麼知道他們是風雲人物呢？相信我，一看就知道了。感覺就像是他們散發出某種氣味——比如，食蛛蜂散發出讓狼蛛警戒的氣味。如果我是狼蛛，那麼那群學生肯定就是食蛛蜂，以強烈的氣場警告說：「離我們遠一點不然就叮你，拿你癱瘓的身體來餵養我們的孩子。」或是類似的訊息。

「好吧。」藍道說：「晚點再來找你們。」我目送他坐到一個留著耀眼棕色長髮的女生隔壁。她展開雙臂擁抱他，即使餐廳裡吵得要命，我還是聽得見她尖銳的嗓音。

我從包包裡抽出燕麥能量棒，往四周瞥了一眼，看誰會盯著我瞧。一大堆學生。我使盡全力不去在意。說真的，需要一百個健身選手的力氣才做得到這件事。這時我的視線停在一個男生身上。他對我挑眉，露出我從未見過的眼神，感覺就像是喬瑟芬看的肥皂劇裡男演員的「小姐給虧嗎？」的表情。喬瑟芬現在搬去黃金落日退休社區，生活剩下永無止境的無聊時光。我轉頭不看那個肥皂劇男孩。怪人。

「怎麼了？」錫安問。

我搖搖頭。「沒事。」我偷瞄那個男生，他還在看我，看得出來他是學校裡的風雲人物之一，這樣顯得他的舉動更詭異了，希望他沒打算用什麼怪招來捉弄我。

錫安順著我的視線看過去。「怎樣？他為什麼要看你？」

「不知道。你認識他嗎？」

「喔，你說約書亞．貝克？那傢伙是混帳中的混帳。」

「你怎麼會認識他？他是一年級嗎？」

「他高二。我記得他在八年級的時候叫我肥安[2]。」

我想了想。「不懂。」

「就是把我名字中的『錫』，換成取笑我身材的『肥』。懂了嗎？」

「這個綽號爛透了，連創意分數都超低。」

我狠狠瞪著約書亞的後背，錫安繼續說：「就連藍道也討厭他。藍道明明誰都喜歡。」我跟藍道不是很熟，每次去錫安家，他要不就是跟朋友出去玩，或是跟朋友去練橄欖球，不然就是在房間裡講電話——跟朋友講電話。他朋友可多著呢。

「辣椒最近做了好好笑的事情。」我努力遠離這個顯然對錫安來說很不愉快的話題，但他還是瞪著約書亞。我清清喉嚨。接下來要分享的訊息非常重要，我希望他能專心聽。

他總算往我這邊看過來。「什麼？」

「牠會把頭湊到我腳邊，要我摸牠。不覺得超可愛嗎？」他的反應沒有我預期的那樣熱烈，「你能相信牠有多聰明嗎？」

「對，我知道。牠是一隻聰明的馬。」

「牠是天才馬！我只信任牠，只讓牠帶我跳起來。」

2 原文是lardon，是用來給主餐跟沙拉增添滋味的肥豬肉。約書亞用錫安（Zion）的名字諧音幫他取綽號，藉此取笑他的身材過胖。

錫安瞪大雙眼。「你練成了嗎？」

「還沒。不過快了。我快要抓到訣竅了，可能下一堂課有機會。」我盯著旁邊牆上花花綠綠的食物金字塔海報，我攝取的蔬菜分量遠遠不及格，我個人的食物金字塔需要開闢專屬的冰淇淋區塊。「一定會很棒，就跟飛起來一樣！我等不及了。」

「我也很期待看到你表演馬術，再跟我說一次是什麼時候？」

「十一月。」

「太好了。我還擔心會卡到動漫展，那就完蛋了。」

我脫下另一隻夾腳拖，用腳趾撕開燕麥能量棒的包裝。「什麼展？」

「動漫展。」錫安提高音量，似乎是以為這樣我就能聽懂，「在鳳凰城。是給所有的漫畫宅、卡通宅、怪人參加的活動。你知道的，就是像我爸媽那樣的人。」

我瞄了藍道那桌一眼。「我不排除我們屬於怪人族群的可能性。你們在那裡幹麼？」

「很多人打扮成他們最愛的角色，還有一堆漫畫跟電影的展示可以看，主辦單位安排了論壇，讓大家聊二次元世界的各種重要話題——比如說誰是最厲害的魔鬼剋星、甘道夫的魔力究竟是受到什麼法則規範。我爸媽以前也參加過。」

今年暑假，我跟錫安的爸媽混得滿熟了，身為一個曾經為了推廣萬磁王而製作整套簡報的人，已經超越了普通的動漫迷，我在錫安家完全不用擔心適應問題。「活動在什麼時候？」

「再兩、三個星期。你想去嗎？我誠心推薦你去現場玩玩。」

我聳聳肩。「好啊，我考慮一下。」

「抱歉，我說得太溫和了。你身為我的朋友，有陪我一起參加活動的義務。我已經問過康諾了，他也會去。」

「酷耶，一定會很好玩。我需要變裝打扮嗎？」

「喔，這不一定，不過很多人都會這麼做。在我家這是必要條件，所以我猜你最好也準備一下。如果你想的話，可以跟我們借一個黑武士面具。」

「一個？你們有幾個？」

「八個吧。」

我咧嘴一笑。「你們還有什麼？」

錫安又啃了一口蘋果，邊咬邊想。「我要翻一下放Cos服的衣櫃，看有什麼適合你的東西。」

「哇塞。Cos服的衣櫃？我怎麼沒有看過？」

「又不知道你對這個有興趣。」錫安打量我好一會。

「怎樣？」

「我們有一套幻影貓的Cos服，我在想你應該穿得下。」

我總算撕開燕麥能量棒的包裝，把錫箔紙剝下來。「那是誰？很厲害嗎？我只能打扮成超炫的角色喔。」

「她超酷的。」

「哦？她的超能力是什麼？」

「穿透。」

我皺起眉，咬了口燕麥能量棒。「聽起來有點遜。」

「才怪，那是很厲害的超能力，基本上她可以透過量子隧道穿過固體。」

我盯著錫安，緩緩咀嚼吞嚥。「抱歉，我沒有你那麼宅。」

錫安咬咬嘴唇。「意思是她可以讓自己身體的一部分變得無法觸碰，所以有辦法穿過物體。」

「感覺像是隱形人。」

錫安不耐的嘆息。「不對，隱形人會隱形，但無法穿牆。你看不到他，但他的身體組成還是一樣。」

我仔細思考。「你比較想要隱形還是穿牆？」

「隱形。」錫安毫不猶豫，「你呢？」

「大概是隱形吧。不過如果我有辦法穿牆，就不用再跟門把搏鬥啦。你準備打扮成什麼？」

「我媽要幫我做一套蝙蝠俠。」

「我想你可以扮演莫斐斯[3]啊。」我露出賊笑，「神祕兮兮的光頭。」

「我爸媽肯定是樂觀其成，不過你的好意我心領了。」

我忍住回頭確認有沒有人看我吃東西的衝動。我知道他們一定在看，根本不用回頭就知道。就算以前已經習慣在中學的餐廳吃飯，這裡可是全新的世界，有更多學生包圍著我。我知道最後總要習慣的，但還是覺得困難重重。

「你放學後想學吉他嗎？」我問。我之前帶錫安跟康諾練了幾個月，不過現在基

3 莫斐斯（Morpheus）是知名電影《駭客任務》的角色之一。

本上只剩我跟錫安。渺小的二人組。少了培根的三明治。孤單的腳踏車。我努力不對這件事太沮喪。

「我要去看藍道練橄欖球。他叫我多參與一點，說不定明年也來參加選拔。他說我的體型在橄欖球場上很有優勢。還有，你知道的，他要我多運動。」錫安的臉皺成一團。

「如果之後可以搭你們的便車，那我也去看他練球吧。」外頭高溫超過一百度，坐在被午後豔陽烤得發燙的金屬看臺座位上簡直就是酷刑，不過上學第一天就該跟朋友一起度過下午時光。

我看到幾個以前足球隊的女生進了餐廳，可惜潔西卡跑去讀別間高中，她是我在隊上最要好的朋友。暑假期間，我們打過幾次電話，後來漸漸不再聯絡。以前的朋友也是這樣，我很清楚距離遠了感情就會淡的道理。

足球隊的女生似乎沒有注意到我。足球季結束了，我們都得要等到春季才能再次參加選拔。而且這裡可是「高中」呢！一切都不同了。這裡可是要遵守嚴格的潛規則，至少我聽說是如此。

我又轉頭偷看，發現那個叫約書亞的男生還在看我，他以嘴型說了幾個字，我回過頭。「他說什麼？」錫安問。

我不想知道。

放學後，我跟錫安坐在看臺上，老實說跟坐在烤肉架上沒什麼兩樣。我沒有帽子或是防晒乳，我知道遲早會付出代價。被太陽烤焦的代價。

手機在包包裡震動。身為成熟的高中生，還擁有整個主題樂園的經營權，爸媽總算買手機給我了。我用腳挖出手機，還來不及接起，對方就掛斷電話了。

沒有手就是這麼麻煩。

我把手機放到前排座位上，用腳趾頭按下回撥鍵，再用腳把手機卡到耳朵跟肩膀中間。「我收到你的簡訊了。」媽媽接起電話，「要我過幾個小時再去接你嗎？」

「不用啦，等藍道練完球，錫安的爸媽會送我回去。」

「太好了。我剛好被新開的飾品店的租約煩得要抓狂，要是被爸爸發現你去看人撞來撞去，他一定會氣炸。」

汗水滴進我眼睛裡，帶來一陣刺痛，我也有點氣我自己。「現在不是足球季啊，我也沒辦法。」

「學校沒有棒球或是滾球或是保齡球之類的運動可以看嗎？」

保齡球聽起來不賴，至少可以待在室內。「我們來是因為藍道在場上，以後錫安可能也會加入，你們還是早點習慣吧。」

「那就好好享受橄欖球吧。愛你。」

「我也愛你。」我收好手機，甩甩頭，汗水飛向錫安。

「很噁耶！」他大叫，「把你流的汗收好啦，我身上已經夠多汗了。」他說的沒錯，他的汗水傾瀉而下，簡直成了瀑布。我低頭看著自己已經晒成粉紅色的雙腿，貼到錫安身上，想用他的影子擋點太陽。

他斜眼瞪著我們擠在一起的腿。「你在搞什麼？」

「真希望我的皮膚沒這麼白，我要烤焦了。手借我一下。」

「要幹麼？」

「遮陽啊。坐在這裡的時候，你就把手舉到我頭上，跟洋傘一樣。這樣的要求會很過分嗎？」

錫安脫下罩在T恤外的格紋襯衫，像毯子一樣披在我腿上。

「真有紳士風範。」我的注意力回到球場上，「你想打哪個位置？」

「藍道說攻擊線鋒最適合我的體型。他還說有我的保護，他會比較安心。」

「他真的很愛打球耶。」

錫安一副真心不悅的模樣。「才怪，橄欖球還不是他的最愛。」

「那他最喜歡什麼？」

錫安雙手抱在胸前。「他是藝術家，之後讓你好好見識一下。」

「什麼樣的藝術家？」

「他會畫畫。」

我往球場掃了一眼，找到藍道的身影。「他都畫什麼？」

錫安聳聳肩。「就一些東西。」

「還真是明確啊。」

「就什麼都畫啊，有時候會畫我。」

我看著藍道摘下頭盔，往短短的黑髮上淋了一瓶水，甩甩腦袋。真不知道他們怎麼有辦法在大太陽下穿著那堆裝備打球，我一直在等哪個球員當場熱到趴倒在球場上。「你說他打哪個位置？」

錫安翻了個白眼。「早就跟你說過了。四分衛。我知道跟足球差很多，可是你要認真一點啊。」

我看到約書亞．貝克跑進球場。「嘿，是那個人耶。就是在餐廳盯著我看的那個人。」

錫安緊緊皺眉。「對，很可惜，如果我們想看藍道打球，就得要連他一起看。」

約書亞抬起頭，發現錫安跟我在看臺上，笑著對我們揮手。

錫安咕噥：「搞什麼鬼？」

「說不定他現在改邪歸正了啊。」我也對他笑了笑。他好可愛。

「才怪。」錫安毫不猶豫，「那傢伙壞到不能更壞。」

「你七年級以後就沒有見過他了啊。」

「相信我，艾玟。他爛透了。」

「說不定——」

「肥安！」錫安跳起來，高舉雙手，「他叫我肥安！」

「抱歉。」我憋住笑出來的衝動，「這樣說真的很傷人。」

錫安爆發完畢，坐回原處，拎起披在我腳上的襯衫邊角，擦去額頭的汗水。那塊布料啪噠一聲貼回我腳上。「好噁！」黏膩的觸感令我整個人縮起來，同時又忍不住大笑。

「你要用我的襯衫，就要連我的汗水一起收下。特別是你想坐在這裡，用星星眼看著我的宿敵。」

「他才不是你的宿敵，你跟他已經一年多沒見面了耶。」

「一年的時間還不夠讓他那樣的人改頭換面。」

「或許他曾經差點死掉，看到自己的人生跑馬燈，發現自己是個大混蛋，於是洗心革面。」

錫安瞪著球場。「除非他接受大腦移植，不然我強烈懷疑這個可能性。」

第三章

為什麼要長大
只因年紀漸長？
為什麼要長大
當人生開新章？

——「駱馬大遊行」
（龐克樂團，二〇一五年在加州洛杉磯成軍）

藍道練完球，希爾夫婦開車載我們回家。希爾太太和平常一樣炫，她的T恤印著史巴克[4]跟「別多想了快登艦」的字樣，閃亮亮的藍色髮帶跟她的藍色內搭褲很配。她收集的髮帶有夠壯觀。

「艾玟要跟我們去動漫展。」回驛馬道途中，錫安從休旅車的第三排座位高聲宣布。

「讚！」希爾太太歡呼。

「你要扮什麼？」希爾先生隔著照後鏡嚴肅的看我，「要好好選喔。」

藍道轉頭咧嘴一笑，模仿他爸爸的口吻：「要好好選喔。我說真的，你要三思而後行。」

「我在想可以拿媽那套幻影貓借她穿。」錫安說：「我覺得應該很適合。」

「寶貝，這個提議真不錯。」希爾太太說。

錫安嘆息。「媽，別叫我『寶貝』了啦。」

希爾太太瞇眼瞪著錫安。「喔，你不想當媽媽的寶貝了嗎？」她把頭轉回去直視擋風玻璃，「隨便你。」

藍道靠向我，對錫安舉起拳頭。「別對媽這麼壞，小心我揍你喔，寶貝。」

錫安狠狠瞪著他的哥哥，咕噥說：「有膽就來啊。」

希爾太太轉向希爾先生，裝出要往他臉上咳痰的模樣，他也對她做了同樣的事情。接著希爾太太像是中邪一樣發出嘶嘶氣音、喉音、鼻音。我愣了幾秒才意識到他們是在對話，像是某種暗號。他們用的是什麼語言？德語？荷蘭話？

---

4 史巴克（Spock）是知名科幻電視影集《星艦迷航記》的角色之一。

我以視線向錫安詢問，他瞪大雙眼，眼珠子幾乎要飛出來了。「不公平！你們怎麼可以說克林貢語！」他大叫：「我知道你們在說我壞話！」

希爾太太雙手抱在胸前，低聲說：「我們想做什麼就做什麼，你不想學這麼浪漫的語言又不是我們的錯。」

「克林貢語才不是什麼浪漫的語言！」錫安說：「精靈語也不是！法文跟義大利文才是浪漫的語言，我又不能把克林貢語跟精靈語寫在履歷表上！」

藍道跟我互看一眼，哈哈大笑。「我又不能把克林貢語跟精靈語寫在履歷表上。」藍道學他說話，「你要應徵什麼工作？鏟屎官？」

錫安把怒火燒向他的哥哥。「閉嘴！」接著他伸手越過我，往藍道手臂上狠狠一拍。藍道也隔著我還手。兩人你來我往，打得不可開交。

我靠上椅背，努力避開火線。「嘿，別忘了我還在這裡。」我對著他們在我眼前飛來飛去的手掌說。

「把你們的手收好。」希爾太太下令，「別再鬧艾玟了。」

希爾一家把我放在驛馬道大門外，回家前我打算去新開的果昔店看看崔比。她傍晚跟週末通常都會在店裡幫她爸媽顧店，在開學日當天能多得到一點友善的對待總是好事。

我頂開索諾朗果昔店的門，等崔比的爸爸替一名客人服務完。「嗨，艾玟。」客人離開後，他向我打招呼。

「嗨。崔比在嗎？」

「沒有，她跟她媽媽出門了。要我跟她說你來過嗎？」

「好的，麻煩你了。」我看著他T恤上的字樣，「格格不入？」

他笑著拉開T恤，讓我看清圖案。「喔，對，那是我的團。」

「你以前玩過樂團？」

「是啊。」他嘆息，「在我不得不長大之前。」

「為什麼長大就不能玩樂團了？」

他抓抓臉頰上的鬍渣。「好問題。我想是因為我們空不出時間了。」

「感覺好糟。」

他的表情變得嚴肅。「確實很糟。」

「是什麼樣的樂團啊？」

「龐克。」

「酷耶。你們有出過專輯嗎？」

「有。現在網路上還可以下載我們的歌。」

「我回去查一下，我還沒有聽過龐克樂團的歌耶。」

他瞪大雙眼，彷彿我說了什麼荒謬的話。「你一定要馬上嗑下去。」

「一定的。」

我離開果昔店，繞去冰淇淋店拜訪亨利，用下巴和肩膀推開店門。「嗨，艾玟，要來點冰淇淋嗎？」亨利從櫃臺後方打招呼。

「不用了，請給我冰水就好。快吃晚餐了，要是現在吃冰淇淋的話媽媽會生氣。」無論我什麼時候吃她都會生氣。說真的，自從搬進驛馬道，我可能已經吃下一噸冰淇淋了，說不定有十噸。

亨利用塑膠杯裝了冰水，放在店內的金屬小餐桌上，往杯中插了根吸管。我坐下來吸了幾口。「熱成這樣，怎麼還有人敢去上學？」我說：「真希望能一路休眠到十一月。」

「我想喬應該不會答應。」亨利說。

「亨利，喬搬去退休社區了，記得嗎？我媽媽是蘿拉。」

他揉揉腦袋。「對。抱歉。」他陪我坐下，身體往前靠，手肘擱在桌面上，雙手繼續按壓太陽穴。

「你還好嗎？」

他聳聳肩。「頭有點昏，而且好累。一直都很累。」

「可能是太熱了。」我說：「等天氣涼一點就會好多了，我想我們都會舒服一點。」但亨利愣愣的盯著桌面。「亨利？」

他似乎沒聽見我的聲音。他常常像這樣一會迷糊一會又恢復，前一刻還在跟我聊天，下一刻魂就不知道飛哪去了。有時候他記得我是誰，有時候他把我誤認成我母親，有時候他迷糊到連我的名字都想不起來。我完全不知道他下一秒的反應。

這時我發覺如果他真的生病了，或是出了什麼事，我根本不知道要怎麼聯絡他的親人。喬瑟芬知道嗎？我爸媽知道嗎？他的腦袋越來越不清楚了，越來越老，也越來越虛弱。

「亨利，你有沒有親人啊？」

他對著桌面微笑，顫抖的指尖撫過金屬花朵紋路，自顧自的哼了幾聲，最後他總算抬頭看我，一副突然發現我在場的模樣。「嗨。」我說。

「嗨。你剛才問了什麼嗎？」

「我問你有沒有親人。」

亨利緩緩搖頭，繼續摸著桌上的紋路。「沒有。我沒有親人。」

「沒有兄弟姊妹嗎？」

「我以為我可以。」

「你是說你現在想不起來？」我幾乎無法相信他已經糊塗到連自己有沒有親人都想不起來了。在動物互動區工作的丹妮絲曾說亨利記不住近期的事情，可是他久遠以前的記憶還在。

「不是那樣的。」亨利敲敲桌面，發出清脆的叮叮聲。

「我真的不懂。你想說什麼？」

「艾玟，你應該要懂的。你知道的，你跟我有同樣的地方。」

「什麼？」

他的手指停止滑動。「我們都是孤兒。」

走進家門時，媽媽已經把晚餐端上桌了，幸好我沒吃冰淇淋。我盯著桌上那鍋焗烤起司通心麵，除非是特殊場合，我知道她絕對不會做起司通心麵。

「好啦，小巴巴，身為高中生的第一天感覺如何啊？」爸爸一邊咀嚼美味的起司一邊問。

「媽都做了安慰獎了，顯然她覺得不太妙。」我隔著小餐桌狐疑的瞄向她，「你為什麼想安慰我？嗯？」

她嗤笑一聲，長長的棕髮往肩膀後面一甩。「別亂講，我就喜歡吃起司通心麵。」

「才怪，你說這是幼兒食品。」

「今天是特別的日子，所以我幫你做了特別的大餐啊。」她擺擺手，「就這樣。我不用為了晚餐煮什麼菜辯解吧？」她咬了一口，發出誇張的讚嘆聲，「超好吃的，味道超有層次，才不是什麼幼兒食品。我把起司通心麵提升到全新的等級。說到起司通心麵，沒有人贏得過我。」

「所以說今天在學校還順利嗎？」爸爸問。

「是還好啦，只是有個問題。」

「怎麼說？」

「屋外超過一百度，怎麼還沒有停課？」我大聲抱怨，「應該要強制立法，等氣溫降到九十度以下才能重新開學。」

「學校裡有空調啊。」媽媽說。

「可是公車上沒有，感覺就像是搭上有輪子的烤土司機。而且換教室的時候還是要在外面走啊，外面可沒有空調呢。」

「也才幾分鐘而已，你一下就進教室啦。」爸爸說。

「走在太陽表面的簡直就是度秒如年。」

「聽說太陽表面的溫度比周圍的大氣層還要低。」爸爸說：「說不定沒有那麼糟。或許我們以後可以去那裡度個假。」

「是啊，從這裡去那裡避暑。」我頂了回去。

媽媽豎起食指點了點她的下巴。「你可以帶個小電扇去上學啊，有的不是還附了噴霧裝置？」

我對她皺眉。「我要怎麼一邊走一邊拿著那玩意兒？我又不是八十歲的老太太，怎麼能在大庭廣眾下用這種東西？」黃金落日那邊有很多院民隨身帶著手持電扇。

爸爸對著盤子裡的通心麵咧嘴一笑。「跟我們說說今天發生了什麼好事吧。」

我想了想。「我的燕麥能量棒好像巧克力碎片比別條多。」

「總算有好事發生啦。」媽媽說。

「是我有找到好事的本領吧。然後我跟錫安去看藍道練橄欖球，他們得要在太陽表面練球，真是太慘了。」

「嗯，你的課後活動我大致聽說了。」爸爸把「課後活動」這個詞說得像是髒話似的。

「你最好早點習慣，錫安之後也會下去打，我接下來應該會常去看橄欖球。」

爸爸嘆息。「我只能勉強接受了，感覺足球季還要等上一百萬年。」

「喔對，幾個星期以後我們還要一起去動漫展。我想門票應該是五十元吧，所以現在我開放我的帳戶，感謝各位。」

爸爸下巴掉了。「花五十塊錢去看一堆動漫？」

「不只是看，還要打扮成裡面的人物。」

爸爸驚訝的看著我。「他們有提供服裝嗎？」

「沒有。」

「所以你花五十塊錢，穿自己的道具服，去看一堆動漫？」

「艾玟，我們一定有辦法讓你自己賺到門票錢。」媽媽說：「這裡需要跑腿打雜的事情多得是。」

「好啦好啦。」我說：「說說而已，別那麼認真嘛。」我咬了一口起司通心麵，吞進肚子裡，「除了馬術秀之外，我們今年秋天還有什麼吸引客人的計畫嗎？在那之前應該要做好準備。接下來要做什麼？有什麼靈感嗎？說吧。」

媽媽笑出聲來。「竟然談起公事了，我想再過幾年你就是驛馬道的王牌經理。」

「說不定再過幾天就是了。」爸爸說。

「前幾天幫冰淇淋店補貨的時候，亨利提到驛馬道以前每年都會在初秋舉行營火晚會。」媽媽說。

「這可不行。」爸爸說：「太乾燥了，不能生火。」

「生火也可以很安全啊。」

「蘿拉。」爸爸一副「你不懂啦」的模樣，媽媽看起來很想把手中的叉子射過去。「家裡的室內火爐夠安全了吧？連這種地方都不准生火了。不能有半點火星。已經六個月沒下雨啦。」

媽媽狠狠瞪著爸爸，叉子尖端不斷輕輕敲打盤子。「我們的營火可以用不同的方式加熱，不一定要真的燒木頭。」

爸爸咧嘴一笑。「是啊，把電暖器放到營火坑中央，肯定是獨家創舉。」

媽媽臉一亮。「對啊，就放個電暖器！」

「把人引來要幹麼？花四個小時融化棉花糖？」

「嗯……」媽媽想了想，「那放一臺烤土司機？」

我笑了。「好啦，先別管營火了。亨利今天也跟我說了件有意思的事情。」

「什麼？」媽媽問。

「他說他跟我都是孤兒。」

爸媽手中的叉子同時停在半空中。「真的嗎？」爸爸問：「他跟你說這件事的時候，你覺得他，嗯，神智在線嗎？」

媽媽對爸爸皺眉。「班，我覺得在線並不是適當的醫療用詞。」

「不然要怎麼說？他的魂還在嗎？」

媽媽猛搖頭。「更糟。」然後轉向我，「他跟你說這些話的時候神智清楚嗎？」

「算不上耶，感覺他有點混亂。不過他記得我是孤兒，所以……」

「喬瑟芬是他的緊急聯絡人。」爸爸說：「他的健康表格上沒有列出任何親屬，之前也從未提過任何人。」

「他從哪來的啊？」我問。

爸爸搖頭。「應該沒有人知道，我甚至不確定亨利本人知道。」

「好吧，我還滿能感同身受的。」我說：「我知道搞不清楚自己的來歷是什麼樣的感覺。」

媽媽伸手摸摸我的頭髮。「現在你知道你的身世啦。」

「還沒有。我是說，還沒有完全弄清楚。我對我的親生爸爸一無所知。」

「你想知道他的什麼事情？」爸爸問。

「不知道耶。他在園區裡工作過嗎？他是騎馬小丑嗎？」

媽媽笑了。「我喜歡這個。說不定他是表演飛簷走壁的特技演員。」

「蘿拉，根本沒有這種表演。」

「有啦。」她嗆了回去，「喬瑟芬跟我說過，他們準備了一個厚厚的大墊子接住從高處跳下來的人，直到墊子被老鼠啃壞，不得不丟掉。」

「說不定他摔進老鼠啃出來的洞裡。」爸爸對我挑眉，「然後陰錯陽差的連著墊子一起被丟掉了。」

我對爸爸翻翻白眼，卻還是忍不住笑出聲來。「好啦，話題可以回到亨利身上了嗎？」

「小巴巴，你怎麼突然對亨利的過去如此感興趣？」爸爸問。

「他越來越衰弱，看起來越來越累。我在想如果他出了什麼事，或許會希望我們聯絡誰。你知道的，就是在他忘記一切之前。」

「我猜只有喬瑟芬吧。」爸爸說。

我盯著我的起司通心麵。「一定還有別人吧。」

媽媽對我笑了笑。「我猜你只是沒有謎題需要解開就全身不對勁吧。」

第四章

還要很努力
才能打敗你

——「尖叫雪貂」
（龐克樂團，二〇一一年在亞利桑那州土桑成軍）

那天晚上睡前，我在部落格貼了上高中後的第一篇網誌。

一

我當了整整十二個小時的高中生，已經找到一大堆待辦事項，以確保自己擁有最充實的高一生活。相信未來還會有數百萬個目標出現，因為才第一天而已，就冒出二十個目標啦。

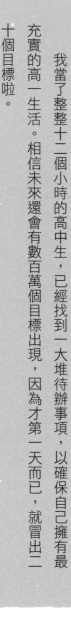

1. 三千個學生。我想我能在學年結束前跟百分之十的人交上朋友。說不定有機會達成百分之十五。
2. 參加學校的舞會。我以前都沒有參加過，因為他們總是會跳要用雙手比姿勢的〈YMCA〉。
3. 想辦法在舞會上克服〈YMCA〉難關。要用腳比出那些姿勢嗎？還是耳朵、眉毛？或者前奏一響起我就去廁所算了。
4. 新的置物櫃。我差不多花了五個月才摸透前一個置物櫃的構造，我猜不到四個月就能把現在的置物櫃馴服得服服貼貼。
5. 絕對不要看上哪個人，我再重複一次，**絕對不要**。談情說愛在高中是家常便飯，但跟我無關。我是單身主義者。
6. 想個更有意思的部落格名稱。現在不得不用「艾玟的七嘴八舌」，讓人覺得這個部落格無聊到爆。
7. 學會騎著辣椒跳躍，這樣我就能在驛馬道秋季馬術奇觀推出最讚的表演啦！由不怕死的艾玟和辣椒攜手演出。好吧，其實表演不叫這個名字，就是有人認為越無聊的名稱越好。總之呢，請各位鎖定驛馬道官方網站，我們將會公布更多秋季馬術展的詳情，記得寫進行事曆！

8. 把包包頭練到出神入化，我綁的簡直是出包頭。

9. 舉辦在公車上裝冷氣的連署。誰不會願意加入啊？要是能達成這個目標，那我的第一點目標豈不是手到擒來？

10. 舉辦戶外噴霧機的連署。應該要在整座城市裡的每一個戶外區域裝設這玩意兒才對，他們得立法規定這個措施。

11. 寫信給亞利桑那州參議員，提出噴霧器的需求。

12. 長高兩吋，這樣我才按得到販賣機最上排，我要吃到右上角的奇多。隔壁的巧克力牛奶軟糖算是額外的好處啦。其實我不愛這個，可是看得到按不到的感覺太糟了。

13. 增進化妝技術。脣蜜應該要留在嘴脣上，艾玟，嘴脣。

14. 買鉛筆，因為我……忘記了。

15. 為動漫展挑一套服裝，一定要同時讓大家怕得要命又敬我三分。

16. 叫我的朋友不要討厭別人（特別是可愛的男生），說不定他們也會跟我交朋友啊。如果我的朋友討厭他們，那我就不能跟他們交朋友了。高中都是這樣的。

17. 午餐菜色多一點選項。比如說除了無顆粒花生醬配草莓果醬之外，試試看粗顆粒花生醬配葡萄果醬。或者是突發奇想，拿杏仁醬配柑橘醬。
18. 適應新的餐廳。
19. 忙著適應新餐廳的時候，別再顧慮其他人的目光。
20. 要**更加的**超然。

第五章

有天會明瞭
就算身體老
青春心不少

——「我們是圖書館員」
（龐克樂團，二〇〇九年在紐約成軍）

隔天放學後，我搭公車到黃金落日退休社區。我先在櫃臺登記訪客資料，這裡的櫃臺人員超好，每次都會幫我把寫字板放到地上讓我簽名。接著來到「娛樂室」，許多老人家在這裡享受各種娛樂活動，雖然說大部分的人只是盯著窗外、牆壁、電視螢幕、地板，拿紙杯喝茶、吃餅乾。

我在一張藍色格紋躺椅上找到喬瑟芬，她抬起雙腳看小說，封面是裸著上身的男子，金色捲髮被風吹得亂七八糟，彷彿有臺強力電風扇對著他猛吹。我脫下夾腳拖，稍微把書挪過來，看清楚封面的文字。「《著火的消防員》？」我對喬瑟芬挑眉。

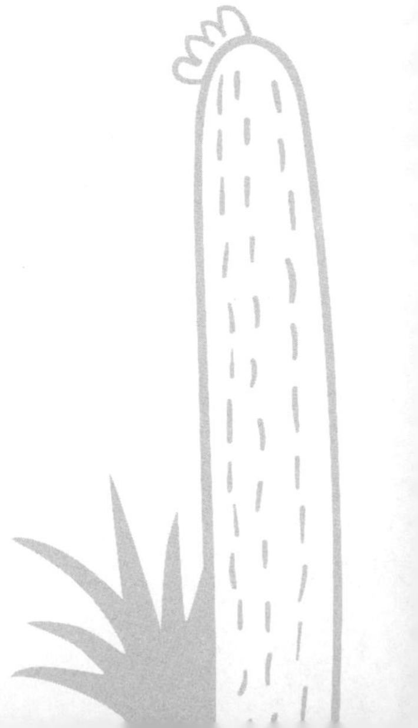

她聳聳肩。「只是打發時間。」

「他連上衣都沒穿，肯定不會是什麼厲害的消防員，而且他還『著火了』。他的頭髮也太慘了吧。」

「他有穿衣服啦。」喬瑟芬說：「不過你對他髮型的評價確實沒錯。」

我坐上躺椅旁的沙發。喬瑟芬雙腳放回地面，那本尷尬的小說擱在旁邊桌子上，我發現桌上還有一副假牙。

「噁。有人又弄丟他的牙齒了。」

喬瑟芬起身高聲詢問：「這是誰的牙齒？」

一名穿著栗子色連身長裙的駝背老太太搖搖晃晃走過來，拎起那副假牙，塞進嘴裡，又默默離開。

喬瑟芬坐回原處，一副若無其事的模樣。「好啦，你在高中的頭幾天過得如何啊？」

「挺好的。我的意思是，還好。」我聳聳肩，「不算太糟。」

喬瑟芬對我挑眉。

「感覺像是一切重來，學校裡大概有數十億個第一次看到我的學生。」

「你一定應付得來的。」

「對，我應付得來。沒問題。」我猛點頭，「完全可以。」

「康諾在新學校過得還好嗎？」

「他今天才開學，等回到家我再跟他聊。」

我感覺到有人盯著我們看，於是轉過頭，對上一名滿臉皺紋的光頭老爺爺。他戴著眼鏡，身穿短袖襯衫，褲子鬆垮垮的掛在腰間。腳上是一雙芝麻街造型拖鞋，一邊是伯特，一邊是厄尼。

「喬瑟芬。」我小聲說：「那個人在看我。」

喬瑟芬狠狠瞪了對方一眼，他迅速轉頭，注意力回到棋盤上，他的對手看起來似乎打起了瞌睡。「親愛的，他不是在看你，他是在看我。」

我回頭一看，發現他的視線又回到喬瑟芬身上。「他幹麼看你？」

喬瑟芬迅速看向那人，他又馬上忙著下棋。「跟蹤狂！」她對他大叫。

我的下巴掉了。「喬瑟芬，你不能在這樣……呃……高尚的退休社區說別人是『跟蹤狂』。」我瞄了她身旁桌上的小說，「好吧，可能沒有那麼高尚。」

「我要吼誰就吼誰。」她狠狠回應，「礙事的傢伙！」她又罵了一句。

我看著可憐的老爺爺臉頰漲得通紅，低頭盯著自己的拖鞋。「他對你做了什麼？」我問：「為什麼說他礙事呢？」

她深深吸氣。「無論我人在哪裡，他都會坐在附近，用那雙小眼睛盯著我看，根本就是跟蹤狂！」她再次大聲嚷嚷，「對了，他還會吃棋子。」

我訝異的盯著他。「什麼？」我眼睜睜看著那個老爺爺真的從棋盤上拿起一顆棋子，放進嘴裡。

什麼？

我起身走向嘴裡嚼個不停的老爺爺，瞄了棋盤一眼，又回到喬瑟芬旁邊，坐回沙發上。「好吧，如果你們不是用小魚餅乾跟水果乾當棋子的話，或許他就不會吃下去了。是怎樣？這裡是幼稚園嗎？你們沒有更高檔的點心嗎？」

「不然我們要怎樣？」喬瑟芬大叫：「在這個鬼地方，棋子弄丟了他們也不會補啊。」

我要她別亂說話。「這裡才不是鬼地方呢。」

「好一點的地方肯定會擺出所有的娛樂用品。這不重要，他不該吃棋子的。」喬瑟芬狠狠瞪著他，提高音量，「他也不該用那種獵人一般的眼神監視我。」

「你是不是對他太嚴格了？說不定他只是想跟你交朋友啊。」

喬瑟芬皺眉。「像那樣的男人只有一個目的。」

「哪樣的男人？穿好笑拖鞋的男人？」

「他隨時都可能會襲擊我。」

「我相信我可以用一根腳趾頭打倒他。」

「男人都是跟蹤狂。」

「你對跟蹤狂還滿有研究的嘛。」

她放下躺椅的踏腳架，發出誇張的鏗鏘聲，直起上身。「你這話是什麼意思？」

「喔，你看。」我盯著老爺爺從棋盤旁起身，以樹懶般的速度拖著雙腳走向我們。「他要過來了。」我輕聲說，伯特跟厄尼一點一點朝我們逼近。

他站在我們面前，身體微微顫抖。喬瑟芬拒絕對上他的目光。「喬瑟芬，午安。」他說。

她咕噥一聲。

「嗨，我是艾玟。」

他對我笑了笑。「我是米爾福。」

喬瑟芬又咕噥幾聲，雙手在胸前交叉，突然間對壁紙上的小花圖案起了興致。

「你住在這裡很久了嗎？」我問他。

「沒有，我上星期才搬進來。」

老爺爺虛弱得彷彿光是站著就要跌倒似的，我只好硬著頭皮又說：「喔，很高興認識你。」

他看著喬瑟芬。「喬瑟芬，晚餐見。」

喬瑟芬對著牆壁翻翻白眼，鼓起臉頰，呼了一口氣。「相信你一定會出現在飯廳，米爾福。」

「聽說今天晚上要吃戴安娜牛排。」他說。

喬瑟芬狠狠瞪著他。「這是什麼意思？」

我清清喉嚨。「相信一定會非常美味。」我看著米爾福緩緩離開，轉向狠狠瞪著米爾福背影的喬瑟芬，「你不用對他那麼凶啊。」

「我才不要讓那個男人把我。」

「好吧，我真的不知道這是什麼意思，可是聽起來很不莊重。」

「我就是不想讓他用那種眼神盯著我。」

約書亞跳進我的腦海。「跟你說，這幾天學校裡有個男生就是那樣看著我。」

她的臉亮了起來。「真的嗎？」

「你不生氣嗎？我的意思是，你怎麼不會生氣？」

「氣什麼？有男生喜歡你？你喜歡他嗎？」

「喔，所以換成是米爾福，他就是想要把你的『礙事的傢伙』，可是如果是哪個男生對我這樣做，就是天大的好事？」

「對，就是這樣。那個男生可愛嗎？」

我歪歪腦袋。「嗯。但是錫安不喜歡他，說他是混帳。」

「喔，錫安大概是在忌妒吧。」

「我不這麼想。我跟錫安不是那種關係，他對我的喜歡不是那種喜歡。」

「你之後會迷倒各式各樣的男生。」

「最好是。」

「為什麼？男生為什麼不會喜歡你？他們都喜歡你母親，然後你又跟她長得那麼像。」

「只是差在她有手。」

「喔，你就是在糾結這個嗎？如果哪個男生只注意到你沒有手臂，那他一點都不適合你。」

我繼續歪著腦袋。「天啊，你真有老年人的智慧。」

喬瑟芬翻翻白眼。

「你覺得她跟我的親生爸爸是兩情相悅嗎？」

「我想他們應該不討厭彼此。」

我盤起雙腿，甩著紫色夾腳拖的鞋底啪啪拍打腳跟。「她懷上我之前，你曾經在她房間裡找到紅色的小丑鼻子，或是會噴水的假花，或是異常巨大的鞋子嗎？」

喬瑟芬的眼神活像是我套上了小丑鼻子。「什麼？」

「當我沒說。」

喬瑟芬瞥了我一眼。「下一堂課是什麼時候？」

「明天。放學後。」

「你試過跳躍了嗎？」

「還沒，不過我有預感，明天就能成功。」我繼續甩動夾腳拖，「對，肯定是明天。」

喬瑟芬抱起她的小說。「到時候就知道了。」

我等到她窩回原本的位置，才用腳底拍開那本書，讓它從喬瑟芬手中飛到地上。

「你說『到時候就知道』是什麼意思？」

她聳聳肩。「到時候大家就會知道你到底是不是膽小鬼。」

我狠狠跺腳，挺起肩膀。「我才不是膽小鬼！」

喬瑟芬咧嘴一笑，看我被她激得直跳腳。可惡！還真有效。我明天不跳不行了。

一名頂著蓬鬆金色假髮的老太太走向我們，她的點點罩衫皺巴巴的。「你們有沒有看到我的假牙？」她問，「我好像放在這張桌子上了。」

我的下巴又掉了。喬瑟芬很淡定，指著身穿栗子色連身裙的老太太，她正坐在椅子上看著電源沒開的電視。「我想是被貝蒂拿走了。」

第六章

你什麼意思
說你碰上一個人？
她不可能懂你
像我那麼深

——「惡魔島之子」

我用腳趾頭夾起一隻蟋蟀，丟在肥頭眼前，牠立刻撲上去。大概一個月前，我在驛馬道大門旁撿到這隻可憐的狼蛛。牠少了兩條腿，我想像牠是跟凶狠的蠍子展開你死我活的搏鬥才身受重傷。再跟各位分享一個狼蛛的厲害之處吧：牠們會吃蠍子！你說哪裡厲害了？你從沒看過蠍子嗎？

被我撿到時，肥頭看起來狀態不太妙，我用腳把牠推進鞋盒的途中，也沒有逃跑的意思。我在破木屋裡找到一個飼養箱，清理乾淨，現在我是艾玟狼蛛復健中心的院長啦。

希望肥頭的腳能長回來，如果真的沒辦法，歡迎牠在復健中心待到天荒地老。是的，目前中心裡只有牠一位患者，不過相信聽說了此處優渥的待遇，會有更多患者搶著入住。這裡每餐供應蟋蟀，有完美的溫度控管，可以聆聽吉他現場表演，還有大量沙土給牠們鑽。

丟在床上的手機響了，我正在等這通電話，立刻點下通話鍵，再切換到擴音。

「這裡是艾玟狼蛛復健中心。」我對著來電者報上單位名稱。

康諾吠了一聲。「肥頭還好嗎？」

我看著牠啃掉蟋蟀。「牠餓了。」

「牠還沒脫皮嗎？」

「還沒。」我跟康諾一直在等肥頭脫皮，因為牠說不定能在脫皮後長出新的腳。

「不過我想應該快了，牠看起來超級像是要脫皮的樣子。」

「是喔，可是既然牠還有食慾，可能還不到要脫皮的時候。別忘了，牠們脫皮前，進食速度會變得很慢。」

我知道康諾在利用肥頭逃避今天的重要話題。「所以說……學校如何？」我躺到床上，雙腳踏著牆面，牆上已經生出一大堆髒兮兮的腳印了。

康諾吠了一聲。「你覺得呢？」

我用腳掌輕輕敲牆。「應該比你想像的還要好吧。」

「如果你原本預設的是刀山火海的話，沒錯，確實比我想像的還要好。」

「我相信沒有那麼糟。」

「已經有人對我學狗叫了。」

「這種事情總會發生。你的老師有沒有跟大家解釋你是妥瑞症患者？」

「有。」

「然後？」

「同學大多沒在聽。」

「看吧！」

「還有……我認為有一件事讓學校比刀山火海稍微好一些。」

「什麼？」

「代數課堂上有一個女生也是妥瑞症患者。」

我雙腳往旁邊一晃，從床上跳起來。「說！你有沒有跟她講話？」

「嗯，下課後我們聊了一下。她人很好，抽動的症狀沒有我這麼嚴重，然後她……很好，我們一起吃午餐。」

我坐回床上，興奮的心情不知道為什麼冷卻下來。「哦？」

「對，明天她要把我介紹給她的幾個朋友。」

我清清喉嚨，走向放在牆角的吉他。「太棒了。」我用力吞口水，抬腳撥撥一根琴弦，「我就知道你會過得很順利。」

「或許吧。」康諾說。

「她叫什麼名字？」

「亞曼達。」

我繼續撥弦。「她長得如何？」

康諾沉默幾秒。「很重要嗎？」

我搖搖頭。「不重要。我也不知道為什麼會這樣問。對了，你跟你爸還好嗎？」

康諾搬到錢德勒的主因是他要跟他爸爸一起住。他爸總算清醒過來，發現自己即將失去唯一的孩子。我猜這是他爸一廂情願的想法。我不太懂為什麼他爸不搬來這邊，但據康諾說是因為這樣他爸上班通勤會很麻煩。

「沒什麼好提的。」康諾說。用興趣缺缺來形容康諾的心境還太過含蓄了。「我想他今晚打算帶我出去吃飯，慶祝我第一天上學，這個人做事都不會想清楚。」

「我覺得你應該要去耶。」

「光是跟關心我的人一起在外頭吃飯就已經夠困難了。」

「我覺得他很關心你啊，不然就不會這麼努力了。而且在你媽上班的時候有人陪你吃飯很好啊，我很高興你不用一個人吃飯。」

「喔，我寧可自己一個人吃。不對，我寧可跟你一起吃。」

我笑了。「或是跟亞曼達一起。」

「對，或者是亞曼達。」

我突然笑不出來。我沒料到他會附和。「或是錫安。」我補充。

「嗯，或是錫安。」

「說到錫安，他說你會跟我們一起去動漫展。」

「沒錯。你要扮裝嗎？」

「你要嗎？」我問。

「你穿我就穿。」

「好吧。不過先別說你要扮成誰，這是當天的驚喜。」

康諾吠了一聲。「酷。」

媽媽走進我的房間。「明天打給你。」我說完，按下結束通話鍵。

「康諾還好嗎？」媽媽坐到我床上。

我把吉他輕輕平放到地上，推到床邊，然後坐在媽媽身旁，伸腳撥動琴弦。「我想還可以吧。」

「他跟他爸處得好嗎？」

我對著吉他皺眉。「我想還可以吧。」

「有什麼事不對勁嗎？」

我彈了幾個和弦。「他已經交到新朋友了。」

媽媽的臉一亮。「很棒啊。」

「確實很棒。」我的語氣中毫無熱情。

她輕笑一聲，搖搖頭，一手緊緊攬住我肩頭。「這是好事。」她親親我的頭頂，「相信那個男生人一定很好。」

「是女生。」

媽媽垂眼看我，緩緩點頭。「喔，原來如此。」

「她也是妥瑞症患者，我想他們有很多話題可以聊。」

「他交到朋友了，你不開心嗎？」

「當然開心啊。」天哪，我不知道要如何形容現在的感受。我希望康諾永遠孤單下去嗎？當然不是。我希望他自己吃午餐嗎？才怪。我希望他在高中一直交不到朋友嗎？怎麼可能。「我只是希望他的新朋友是男生。我知道這樣很蠢，可是我就是這麼覺得。」我用力彈出一串和弦，難聽極了。「我沒辦法控制我的感覺。」

「艾玟，沒有人可以取代你這個朋友。」

我不斷撥弦，發出跟我心情吻合的恐怖電影音效。「嗯，我知道。」

第七章

眼不閉
耳朵豎
你要瞧仔細
你要聽清楚

——「我們是圖書館員」

「嗨，艾玟。」約書亞．貝克在我的置物櫃旁跟我打招呼。錫安正在幫我拿課本，只要他剛好有空，都會幫我解決這個超級浪費時間的苦差事。

我的肚子裡打了個結。「呃，嗨？」他在跟我說話？他用那種肥皂劇男演員的表情看了我三天，現在還來跟我搭話，這也太詭異了吧？

「嗨，錫安。」約書亞說，「最近如何啊？中學畢業之後我好像就沒見過你了。」

錫安起身面對他，懷裡抱著我的課本，狠狠瞪著約書亞的模樣彷彿把他當成響尾蛇。「你不叫我肥安喔？」

約書亞一臉困惑。「什麼？」

「你以前都這麼叫我。」

約書亞咧嘴一笑。「天啊，怎麼可能。我絕對不會說這種話。」他回頭對我說：「艾玟，要我幫你拿書包嗎？」

我才剛說「好啊」，錫安就一手搶過我的袋子，掛在自己身上，差點把我的課本撒了滿地。「她的東西我來拿就好。」接著以誇張的手勢把課本全部塞進包包裡，得意洋洋的對著我跟約書亞笑。

約書亞對我微笑，微微瞇起的藍色雙眼讓我胸中一陣騷動。「好吧，下次再說。」

「下次再說。」我同意。

「沒有下次。」約書亞離開後，錫安喃喃唸著，「我不相信那傢伙，那麼惡劣的人絕對本性難改。」

我想到康諾的爸爸。「說不定真的有機會。」至少我希望如此。我也期盼約書亞真的變好了，因為他超可愛。他的眼睛好藍，我真想盯著那雙眼看上好幾個小時，琢磨它們的真實色澤。不過我不會這麼做，怕會把他嚇跑。學校裡那麼多女生，約書亞似乎就是對我有意思，我從沒想過沒見上幾次面的男生會喜歡我。太刺激，也太神祕了。真希望錫安能別這麼掃興，讓我細細品味這一刻。

「我不想打扮成幻影貓去動漫展。」走向教室途中，我對錫安說，「我想做自己的服裝。」

「那你可能要快一點。星期一放學後要不要去購物中心找衣服？萬聖節的特賣店應該已經開了。」

「感覺不錯。」

「你星期一要上馬術課嗎？」錫安問。我們一起走進英文課的教室，這是我們唯一一起上的課。

「沒有，是今天。」

「你要嘗試跳躍嗎？」

「當然要。」一踏進教室，我舒爽的深深吸了口氣，就算只在戶外待了幾分鐘，但能感受到冷氣的存在實在是太美好了。

「我可以去看嗎？」

「不行。你得等到表演當天，這樣才會更有衝擊性。」

「今天是你第一次跳躍，肯定也會很有衝擊性。」

「才怪，觀眾的掌聲會帶給你更棒的體驗。」

「如果沒有人去看的話怎麼辦？」錫安問著，把我的包包放到桌上，抽出我的英文課本。

「不！」我尖叫，「少給我烏鴉嘴！快，在教室倒著跑四圈，還要學馬叫，腦袋磨蹭牆壁！」

錫安對我挑眉。「這樣就能解開詛咒嗎？」

「不能，但至少我看著開心。」

「艾玟，往右。」放學後的馬術課堂上，訓練師比爾不斷下指令：「往右。往右！」

汗水滴進我的眼睛，模糊了我的視線，頭頂上的頭盔彷彿成為發光發熱的鐵砧。我用左腿推了推辣椒的側腹，右腿往右拉。我的馬鐙經過特別設計，與韁繩相連，讓我能夠用腳來控制辣椒。「我在努力了。」我對比爾說：「是辣椒太頑固。」屁股下的馬身燙得要命，辣椒這個名字取得真好。

「不是辣椒的問題。」比爾摘下牛仔帽，擦了擦額頭的汗水，我也好想摘下頭盔擦汗。「你得對牠更強硬一點。」他戴回帽子，「左腿往牠腹部壓。多用點力。」

我照著比爾的指示做，情況毫無改善。我想一定是氣溫的錯，無論辣椒還是我，都無法在灼灼烈日下拿出最好的表現。

「再用力一點。」比爾說：「你不會傷到牠的。」

我把鞋跟壓進辣椒的腹部肌肉，牠總算稍微轉動一些。

「放鬆，艾玟。馬兒感覺得到你的緊繃。」

「我已經很放鬆了！」我頂了回去。

比爾抓抓沾滿汗水、長達一呎的灰色鬍鬚。我瞬間分神思考他是不是靠著這把鬍子散熱，類似狗毛的原理。在滿地沙土的騎馬場裡，陽光是不是更熱了？

「如果你連叫辣椒轉彎都做不到，今天要怎麼練跳呢？」

臉上的汗沒有停過，刺痛了我的眼球，靴子加上頭盔使得我無法擦汗。我開始頭昏眼花，在這種狀況下，最好還是別貿然挑戰比較好。我的心一沉。「今天沒辦法，真的太熱了。」

「艾玟。」

「感覺太陽離我的臉只有兩吋。」我瞇眼瞪著比爾，「兩吋。」

「不可能。太陽離地球有九千三百萬哩遠呢。」

「科學家測量距離的時候一定是用錯工具了。根據我此時此刻的感受，我相信太陽就在兩吋外。」

比爾咧嘴一笑。「這是你在亞利桑那州度過的第一個夏天，之後就會習慣了。」

我震驚的看著他。「要是繼續騎在馬背上，我覺得我一定會昏倒，然後摔下去，說不定會死掉。」我現在只想往頭上淋一整杯冰水，「你要為我的性命負責嗎？」

比爾搖搖頭。「我想今天已經練夠了。」

夏天剛開始的時候，爸媽帶我來見辣椒。牠是花斑馬跟奎特馬的混血，比一般馬兒矮了一些，這樣很好，摔下來離地也不會太遠。

一見到辣椒，我就知道牠是我要騎的馬了，或者是因為我們眼睛的顏色一樣；或者是牠腹部有一塊形狀像仙人掌的斑紋；也或者是牠直接在爸爸鞋子上撒尿。無論原因是什麼，我一瞬間就認定是牠，類似之前一眼就認定義大利麵的感覺。

辣椒來這裡前已經學會聽從口頭指令，不過我和比爾得要再額外教牠一些。牠學得很好，我承認牠是一匹聰明的馬，而我也是夠聰明才會選上牠。

「趴下。」我對辣椒下令，牠趴在地上，讓我自行下馬。

比爾解開我的頭盔扣環，幫我拿下來，順便撥開整片黏在我眼前、額頭上的汗溼頭髮。「總有一天會練到的。」他笑了笑，「別擔心。」

在驛馬道周邊二十哩內有好幾處馬場，比爾是其中評價極高的馬場主人。他在河溪鎮開設了馬術練習場，我們手邊只有辣椒一匹馬，艾玟和辣椒這個組合沒辦法撐起整場演出，因此馬術秀當天勢必要跟他借幾匹馬來表演。馬術秀的消息傳開後，另外幾間馬場也報名參加，他們都是志願演出，我們沒有經費支付酬勞，不過活動很有意思，他們也能替自己的馬場打廣告。至少我希望是如此，希望大家都能來看秀。

幫比爾卸下馬具，替辣椒刷洗過後，我穿過驛馬道園區往回走。我喜歡騎在辣椒背上。更正一下，如果空氣沒有熱得像著了火一樣，我會超喜歡騎著牠兜風。不過跟辣椒相處的時光確實很快樂，我一定會騎著牠跳起來的，沒有問題。我還有時間，所以不是今天也沒關係，雖然今天沒有練成讓我有點失望，而且我還得要向喬瑟芬報告自己毫無進展。

我中途停下來向義大利麵打招呼，看到牠能讓我精神一振。但牠只是趴在原地，熱得無法動彈。今年夏天牠的反應越來越慢，希望單純是天氣的影響，說不定等天氣涼一點牠就有精神了。一定會的。

我只能坐著陪義大利麵一分鐘，不然連我也要死於中暑了。「抱歉，夥伴。」我對牠說：「我撐不下去了。」

我來到索諾朗果昔店，用屁股推門進屋。太好了，今天是崔比顧店。崔比跟我一樣大，不過她在家自學，行程比較有彈性，傍晚跟週末都有時間在果昔店工作。我爸媽把整間店租給崔比一家，全部交給他們自己打理。

在第一場藝術節之後，我們把驛馬道的幾個店面租了出去，現在我們有西部風格飾品店、陶器店、沙畫藝廊，雖然還想再找個方便外帶的三明治攤子，不過目前牛排館還是唯一的餐廳。

「嗨，艾玟。」崔比對我打招呼。我沉浸在美妙的空調之中，一時之間說不出話。「你紅得像甜菜。」她笑出聲來。崔比總是有話直說，口無遮攔，但我還滿喜歡這樣的她。

「因為我剛才去騎辣椒了。」

「甜菜騎在辣椒上面。」崔比說完自顧自的傻笑幾聲，等她笑完，她問我今天是不是老樣子——桃子加芒果加鳳梨。

「可以麻煩你從我錢包裡拿錢嗎？」我問，「我還穿著馬靴。」

「沒問題。」崔比繞過櫃臺，從我的小巧側背包裡抽出兩張一元紙鈔。

她打好果昔，幫我放在店內色彩繽紛的小桌子上。我坐下來，彎腰吸了一大口。感覺就像在嘴裡含了冰涼甜蜜又多汁的彩虹，爽快的感覺直衝腦門。我往後一靠，哼了幾聲，忍受大腦結凍的衝擊。

崔比陪我坐下。「情況如何？」

我慢慢脫離大腦被人拿筷子攪拌的狀態，開口回應：「不錯。牠對口頭指令的反應越來越好了。」

「讚耶。我都不知道馬兒有辦法像那樣聽人話。」她咧嘴一笑，「感覺就像騎在大狗身上。超級無敵大的狗狗。」她又自顧自的格格輕笑，撥撥剪短的金髮，中間挑染了幾束綠色跟藍色。她每隔一陣子就換上不同的挑染。她鼻子上有一大片雀斑，每次都穿著我從沒聽過的樂團鮮豔T恤，可以了解錫安為什麼喜歡她，雖然他從沒承認過。

「高中如何啊？」

「還好。」

「大家對你好嗎?」

「沒有人對我不好,所以目前為止還可以。」

「你有交到新朋友嗎?」崔比一直都是在家自學,顯然對高中的種種相當感興趣。

「還沒,不過我一定會的,高中就是個新世界。對,還有很多潛規則要摸清楚。」

她瞪大眼睛。「什麼樣的潛規則?說來聽聽。」

「比如說在餐廳裡誰跟誰一起坐之類的蠢事。」我又喝了一小口果昔,吞進肚子裡。

「感覺好可怕喔。」崔比說:「我想我在高中應該很難生存。我不太擅長迎合『那傢伙』的期望,照著潛規則過活。」

我不知道崔比說的「那傢伙」是誰,不過我猜是她爸,可是這樣說不通啊,她爸感覺挺開明的。「我同意。我想過簡單一點的生活。」

「聽你這樣說,你應該要當農夫才對,聽說農夫的生活很簡單。」

我想了一會。「或許我真的該去當農夫。」

「你可以種甜菜。」

我勾起嘴角。「還有辣椒。」我又喝一口果昔,「在家自學好玩嗎?」

「我覺得挺不錯的。每天很快就能完成作業，空出來的時間可以在這裡工作和創作。」

「你都創作些什麼東西啊？」

她朝著店面牆上的裱框圖畫擺擺手。我起身仔細一看，畫中主角都是雞，五顏六色的抽象雞。「都是你畫的？」

「對，也有在賣喔。」

我回到位置上。「我有點想買一幅掛在房間裡耶。」

「我會多給你一點折扣。」我們安靜了好一會，我一口一口吞下果昔。

「你今年會去學校舞會嗎？」崔比問，「我一直想參加學校舞會。」

「我是很想去啦，雖然我不太會跳舞。而且大家在比YMCA手勢的時候我不知道要幹麼。」要我表演劈腿嗎？「不過我還是希望有機會參加。」

「感覺很好玩啊。像是返校舞會、畢業舞會那些。舞會上大概會放一堆沒有靈魂、商業化、粗製濫造的主流音樂吧，但我還是有辦法找點樂子。」

喔，天。我相信我平常聽的就是沒有靈魂、商業化、粗製濫造的主流音樂，天知道那是什麼。「你喜歡哪種音樂？」我問。

她雙手指著T恤上的逗趣卡通圖案，旁邊印著「尖叫雪貂」。「當然是龐克啦，寶貝！」

「我好像沒聽過龐克耶，是不是很久以前英國流行過的那個？」

「才不是。現在有一大堆更新潮的龐克派別。」

「既然你是在家自學，又怎麼會掉進這個坑？」

「我爸媽用龐克把我養大，我們在家裡跟車上永遠都在放龐克音樂。」

「跟你說，你爸之前告訴我他在不得不長大之前玩過樂團，我想他說的應該就是龐克樂團吧。」

「對！他的團叫做『格格不入』。」

「你爸媽超酷耶。你要不要寫幾個推薦的龐克樂團，我回去找來聽。」

「廢話！艾玟，你一定會愛死那些樂團，我看得見你心中的龐克搖滾魂。」

我不知道龐克搖滾魂是什麼東西，但是聽到崔比這麼說，還是莫名開心極了。

「真的嗎？我都不知道我看起來很有龐克搖滾的感覺。」

「龐克搖滾魂跟你的外表無關，重點是你的感受、你相信什麼。關鍵是你要說出『我原本的樣貌就很讚了』，往『那傢伙』臉上吐口水。」

我皺眉。「你爸准你這麼做？」

崔比哈哈大笑。「艾玟，你說話真好笑。」

我微微一笑。「既然跟外表無關，那你怎麼看得出我有龐克搖滾魂呢？」

「就是看得出來。我知道你拒絕迎合『那傢伙』對你的期望。」

我愣愣的看著她好幾秒，雖然內容讓人摸不著腦袋，但可以知道她是認真要告訴我某件事。「抱歉，你說的『那傢伙』到底是誰？」

崔比湊過來，表情無比嚴肅。「如果你擁有龐克搖滾魂。」我點頭。「我也有龐克搖滾魂。」我繼續點頭。「那麼『那傢伙』就是我們之外的每一個人。」

我連連點頭，但其實我完全聽不懂。

「等一下。」崔比跑到櫃臺後面，拎起她的手機跟耳機又跑回桌邊，「給你聽這個。」她幫我戴上耳機，往手機畫面滑了幾下。幾秒鐘後，電吉他在我耳邊炸開，反覆演奏出全世界最酷的和弦，我想我再也無法聽進其他音樂了。

第八章

朋友，你走得好快
若不再回來
別忘了說拜拜

——「駱馬大遊行」

我苦苦盼著週末的到來，因為康諾跟錫安要來驛馬道玩。我真想沿著園區大街蹦蹦跳跳，高唱〈重逢〉[5]這首歌——這樣的舉動肯定跟龐克搖滾沾不上半點關係，無論是歌還是蹦跳。

他們跟我一起坐在肥頭的飼養箱旁。「牠看起來有點呆滯。」錫安說：「牠還好嗎？」

「牠在放空。」我說：「如果你成天只能坐在無聊的飼養箱裡面，除了放空，還

5 Reunited，七〇年代的節奏藍調名曲。

能做什麼?這叫做享清福。」我突然想到人在退休社區的喬瑟芬。

「或許吧。」錫安說，「你想牠能活下去嗎?」

我說:「當然可以。」

康諾同時開口:「可能沒辦法吧。」

我踢踢他的鞋子，接著說:「沒錯，牠會活下去。然後我要把牠野放，就跟貓熊一樣。肯定會是個溫馨的場面，說不定我們可以在驛馬道網站上實況轉播。」

「什麼貓熊?」康諾問。

「中國的那個。」我說:「關心一下時事吧。」

「牠少了兩條腿，沒問題吧?」錫安問。

「希望牠會脫皮，這樣或許能重新長出兩條腿。可愛的小腳腳。」

錫安瞪大雙眼。「酷耶。我都不知道蜘蛛能長出新的腳。」

「天啊!」我大聲嚷嚷，把兩個男生嚇得跳起來，「我會不會哪天脫了皮，長出兩隻小手手?」

錫安笑出聲來，康諾對我翻翻白眼，嘖了幾聲，這是他今年夏天才出現的抽動症狀。他拎起我房間角落的吉他，彈了幾個我之前教過的和弦。「亞曼達會彈鋼琴。」

他一邊撥弦一邊說。

我的好心情頓時蕩然無存。「是喔？」我裝出最開心的語氣。

「亞曼達是誰？」錫安問。

康諾坐在我的書桌前，不斷撥弦。「她是我在新學校認識的女生。」

「她也是妥瑞症患者。」我向錫安說明。

「很好啊。你們會一起行動嗎？」

「只有在學校。」康諾說著，迅速眨了幾次眼。

「下次你來的時候，可以邀請她一起來這裡啊。」我說。

「好主意。我會的。」

老天爺啊！他為什麼總是附和我說的每一句話？

「下星期放學後我可能會挑一天去她家拜訪。」康諾說。

「你幹麼這樣？」我低頭對著肥頭咕噥。

康諾停下手邊的動作。「什麼？」

我轉頭笑了笑。「沒事。嘿，你們知道『那傢伙』是誰嗎？」

他們茫然看著我。「誰？」康諾問。

「你是說『那傢伙』？」錫安問。

「到底是誰？」康諾又問了一次。

「沒錯。」錫安說：「我爸媽太清楚『那傢伙』的真面目了，所以他們才會跑去拓展自己的漫畫業務，因為他們再也無法對付『那傢伙』。」

我點點頭，想了想，腦袋裡更加糊塗。

「艾玟，你幹麼問起這件事？」錫安問。

「崔比提到他。」

我一說出她的名字，錫安的嘴唇便抖個不停，幾乎無法發出正常的聲音。「崔比？」

康諾跟我互看一眼，賊賊一笑。「對。那個可愛的崔比。」

錫安嘴脣抿成一條線，喃喃說：「隨便啦。」

「崔比真的很酷喔。跟你們說，她爸爸玩過龐克樂團。」

「真的嗎？」康諾問。

「對，團名叫做『格格不入』。我聽過他們的專輯了，每一首歌都超棒。」我把手機放到地上，用擴音功能放歌給他們聽。我們三個靜靜坐著，康諾跟錫安隨著旋律擺頭。「很棒吧？」

「我喜歡。」錫安說：「裡面的吉他超厲害。」

「我懂，聽了讓我想學電吉他。」我說完跳起來，「喔，你們一定要聽聽另一個龐克樂團，團名是『駱馬大遊行』。」

他們都笑了。「我猜義大利麵一定會喜歡這個團。」康諾說：「應該要拿去給牠聽。」

「好啊。你們要不要先來點冰淇淋？」

「要不要吃果昔？」錫安問。

錫安突然對羽衣甘藍果菜汁這麼有興趣，真是太好笑了！「要不要吃果昔？」我模仿他的語氣。

「我就想吃果昔，比較健康啊。」

「是喔。」

「水果比冰淇淋健康。」錫安堅持。

「你知道他們也會在果昔裡面加冰淇淋吧？」我說。

錫安皺眉。「那叫做冰沙。」

「一樣啦。而且吃果昔要付錢，冰淇淋是免費的。」

「為什麼果昔要錢啊？」康諾問。顯然他太習慣在驛馬道的貴賓待遇。

「因為我們只是把店面租給人家。店是我們的，可是裡面的果昔不是。」

「喔，你不能動用房東的特權，叫他們請你吃果昔嗎？」康諾跟我說笑。

「不行。」

我們三個走向冰淇淋店，可是錫安半路上拖著我們繞去索諾朗果昔店，因為他想「看看今日特調是什麼」。崔比從櫃臺後探出頭，錫安瞬間僵住，低頭盯著自己的腳，康諾跟我心領神會的偷笑。「嗨！」她的熱情與平時沒有兩樣，今天她的頭髮裡面混了幾縷紅色髮絲。

我用肩膀推推錫安。「你不是想來個羽衣甘藍果昔嗎？」

在崔比面前，錫安的聲音、全身上下彷彿都罷工了。他終於搖搖頭，視線還是盯著自己的鞋子。

「我這幾天都在聽你爸的樂團專輯。」我對崔比說：「他們的歌超棒的。」

「對吧！」

「他不該放棄樂團的。」

崔比的表情變得凝重。「真的。」

「我也放了『駱馬大遊行』給他們聽，我們要去看看義大利麵會不會喜歡這些歌。」

「一定會的！」崔比笑著說：「你一定要聽聽我跟你說的那些團。」

「會的。」說完我轉向錫安，他陷入了不跟任何人對上眼的狀態，「好啦，我們今天要去吃冰淇淋，只是來跟你說聲嗨。」

「嗨！」她說。

我們離開果昔店，往冰淇淋店的方向走去，半路上，我對錫安說：「你一心只想去買果昔，最後什麼都沒買，還滿好笑的耶。」

「是啊。」康諾吠了一聲，「我們知道你是真心想來一杯『果昔』。」

天啊，我超忌妒康諾能舉起雙手比出雙引號的姿勢，應該要在沒有手臂的壞處列表中補上「不能比出雙引號」這一條才對，用肢體語言挖苦人效果特別好。

錫安推了康諾一把。「閉嘴啦。」

我咧嘴而笑。「不過說真的，我看得出你為什麼想喝果昔。驛馬道的果昔是最漂亮，呃，我是說，最好喝的。」

錫安追著我跑，一路追到冰淇淋店門口的臺階前。「安全上壘！」我大喊。

亨利坐在門邊的搖椅上。「你坐外面不熱嗎？」我一邊問，一邊走上臺階。

他轉頭看我，一臉茫然，沒有回話。「亨利？」我又喊了一聲。

他歪歪腦袋。「嗯？」

我跪在他的搖椅前。「你還好嗎？」

他緩緩點頭。「嗯哼。」

「你知道我是誰嗎？」

他皺起臉，彷彿思考這個問題令他極度費力。「艾玟。」他慢吞吞的說：「艾玟・卡瓦納。」

我起身，轉向我的朋友。「要不要去找人幫他？」錫安問。

康諾跟錫安留下來陪亨利。媽媽出門辦事了，因此我跑去找爸爸，他正在牛排館的辦公室裡忙得不可開交。「爸？」

他的視線離開電腦螢幕。「嗨，錫安跟康諾不是來了嗎？」

「沒錯。他們在亨利那邊，他現在看起來腦袋不太清楚，你可能要去跟他聊聊。」

爸爸跟著我來到冰淇淋店，亨利、錫安、康諾都在門口的搖椅上，亨利正在跟他們說故事，我們剛好聽到結尾。「我就這樣救了那隻小兔子的命。」

「你是怎麼救了小兔子？」爸爸問。

亨利抬起頭，眼中閃著調皮的光芒。「我拿棒子打蛇，直到牠放開小兔子。天啊，你們絕對不會想聽小兔子快被纏死前的慘叫聲。」亨利打了個寒顫，「我永遠都不會忘記。」

「亨利，那是什麼時候的事情？」爸爸問。

「喔，那時候我還小。」

爸爸湊到我耳邊小聲說：「他現在看起來還可以啊。」

「當時你跟親人在一起嗎？」我問亨利。

「喔，沒有。」亨利搖頭，「我沒有親人，那是在孤兒院的事情。」

我跟爸爸互看一眼。「哪一間孤兒院？」爸爸問。

「我想想。」亨利想了好一會，「當時應該是天使守護者吧。」

「你待過的孤兒院不只一間？」爸爸問。

「是啊，到處換。」

「你的兄弟姊妹有沒有跟你一起進孤兒院？」我問。

亨利聳聳肩。「不知道。除了孤兒院，我什麼都不記得了。」

爸爸又對我說悄悄話：「如果他的魂又飛了就來找我。」

我對他皺眉。「你知道媽不喜歡你這樣說。」

「好啦，如果他又發作的話。」

爸爸離開後，我坐進其中一張搖椅。「孤兒院的生活是什麼樣子？」我問。

亨利輕輕搖晃，眼睛低下來盯著雙手。「喔，其實也還好，只是我猜應該比不上跟親人住在一起。」

「他們對你好嗎？我是說在那裡照顧你的人。」

亨利皺眉。「我記得有一、兩位修女人很好，可是還有一些人跟毒蛇一樣壞。」亨利揉揉長滿老人斑的手，微微顫抖，「我還記得被手或是掃把柄打的感覺，我被打的次數多到數不清。」亨利打了個哆嗦，「我不想談這些事。」

康諾、錫安跟我互看一眼，不知道該如何接話。「你在那裡有沒有朋友？」康諾問完，眨眨眼又聳聳肩。

「喔，有啊。我有一些好朋友。在那樣辛苦的環境下很容易交上朋友，只有這樣才能撐過去。」

「你現在還有跟他們聯絡嗎？」我問。

亨利搖搖頭。「沒有。好幾年前就沒有其他人的消息了。」接著他的臉一亮，「你們要來點冰淇淋嗎？」

我們三個跟在亨利背後走進冰淇淋店。「太詭異了。」康諾小聲說：「前一刻他一臉茫然，下一秒他好像又認出我，開始說起以前的事情。」他嘖嘖幾聲。

「真的。不過我想他應該不知道我是誰。」錫安說。

我們來到櫃臺前，亨利鑽進通往後場的彈簧活門，消失了好一陣子。我跑去後面找他，發現他人在儲藏室裡，盯著架上的一捲捲餐巾紙。

「亨利，你要找什麼？」

他的視線掃過餐巾紙。「我進來拿東西，可是忘記要拿什麼了。」

「你要不要關店休息一下？今天你看起來不太好。」

他緩緩點頭。「你去找喬過來吧。」

「還記得嗎？喬在退休社區啊。」

亨利皺起眉頭，坐在儲藏室的墊腳凳子上。「我最近記性不太好。」

我靠向他。「沒事的，亨利。一切都會沒事的。」

第九章

別讓他們蒙住你眼睛
塞進你心裡
虛假的事情

——「惡魔島之子」

「亨利住哪啊？」星期一吃午餐的時候錫安提起這個疑問。

「冰淇淋店二樓的小公寓，就跟我們住在牛排館樓上一樣。這樣他就不用開車去別的地方，我媽也會幫他確認生活用品是否足夠，帶他去看醫生之類的。」

「驛馬道為什麼會有那些公寓？」

「喬瑟芬說一開始園區周遭什麼都沒有，全是沙漠，要員工每天大老遠通勤過來太麻煩了，所以就讓他們住在這裡。」

「真有意思。」

「當然了，目前只有亨利跟我家住在園區裡。」

「他為什麼不退休啊？」

「他不想。他一輩子都在做這份工作，而且工作讓他開心。」我往嘴裡丟了顆葡萄，「他會好起來的。」

「希望如此。」錫安灌下他的巧克力牛奶，一臉擔憂，「他看起來什麼都記不住了。」

「醫生跟我媽說他的狀況叫做日落症候群。」

「那是什麼？」

「越接近晚間，他的精神就越糟。我早就注意到了，他早上表現很好，到了晚餐時段就會變得迷糊，每天的狀況都不太一樣，有時候他一整天都不太行。」

錫安盯著桌面，皺起眉頭。我又吃了一顆葡萄。「今天還要去購物中心嗎？」我問，「我要找到參加動漫展的服裝。」

「對，我媽會帶藍道、珍妮莎，還有你一起去。」

我望向藍道那一桌。珍妮莎就是那個留著長棕髮、頂著完美妝容，總是黏在藍道身上的女生。她的睫毛膏絕對不會糊掉。

我回頭對著錫安說：「希望萬聖節特賣店已經開了。」

「我媽打電話問過了，有開。」

「太好了。」

「你昨天後來做了什麼？」

我又往嘴裡丟了顆葡萄，每次我用腳做什麼事情都會明顯意識到餐廳裡好幾個人轉頭看我。「我幫辣椒刷毛、陪義大利麵一下，最後跟肥頭一起放空。」

錫安咧嘴一笑。「你應該要叫肥頭『可可』之類的，這樣你養的動物都是以食物命名啦。」

可惡，我怎麼沒想到！太遲了，肥頭這輩子只能用這個名字。

錫安狠狠瞪著我身後，我轉頭發現約書亞朝我們走近。我回頭對著錫安說：「我的天。」同時把擱在桌上的腳收起來，穿回夾腳拖。

「嗨，艾玟。」約書亞打招呼，「你今天看起來真不錯。」

我低頭看看自己的黑色夾腳拖、牛仔短褲、獨角駱馬圖案T恤。各位可能不知道獨角駱馬是什麼，那是一種一半是駱馬，一半是獨角獸的動物，基本上牠是全世界最優秀的動物。「謝啦。」

約書亞在我們這桌坐下。「你在吃什麼？」

「葡萄。」

「我喜歡葡萄。」

我點點頭。「真有意思。我們都喜歡葡萄。」

約書亞微微一笑。「或許我們真的有不少共通點。」他笑起來真好看，擁有一口完美的牙齒，這個年紀的男生大多跟牙刷處得不太好，但我敢說約書亞不是這種人。他看起來人很好，很難想像他會對人說那麼難聽的話，說不定是錫安說得太誇張了。

我用夾腳拖碰碰他的愛迪達球鞋。「你喜歡足球？」

「對！」他對我燦笑。

「那我們真的有很多共通點呢。」我瞄了錫安一眼，他看起來像是準備翻桌了，希望他不要老是這樣，有男生喜歡我，為我感到高興很難嗎？

「你放學後有安排嗎？」約書亞問。

我轉向錫安，他皺眉搖頭。「我和錫安要去購物中心。」

錫安在桌下踢了我一腳，我用眼神傳達怒氣。

「酷耶。」約書亞說，「我們晚點可能也會去購物中心，說不定到時候會跟你巧遇。」

「好啊。」

當約書亞走開時，錫安狠狠瞪著他的背影。「他打什麼主意？」

我聳聳肩。「說不定他什麼都沒想啊。說不定是你在胡思亂想。」

錫安瞇眼瞪我。「你幹麼跟他說我們的計畫？跟他又沒關係。」

「跟你說，人都會變的。說不定他想彌補以前做過的蠢事，或者……說不定你的記憶有點問題。」

錫安張嘴想回話，又緊緊抿脣，看得出他在用力咬牙。「說不定是你的腦子有點問題。」

「才怪，我的腦袋好得很，就跟平常一樣。」

「我認為你現在的思考能力有問題，判斷力低落。我爸一定會這樣說。」

「怎麼可能？我看人很準的，所以我們才會成為朋友啊。」

錫安的臉龐稍稍放鬆。「我真心希望你沒有看走眼。」

第十章

當一切分崩離析
有我陪著你
當他們將你心劈
有我陪著你

——「惡魔島之子」

我和錫安、藍道、珍妮莎在接送區等待希爾太太。珍妮莎和藍道旁若無人的卿卿我我，而我跟錫安忙著模仿他們發出愚蠢的格格笑聲，裝出濃情蜜意的眼神互看。

希爾太太的車子開了過來，藍道跳上副駕駛座，用力關上門。珍妮莎對我說：「我猜我們三個得要塞在後座啦。艾芙琳，你可以坐中間，反正你不需要扶手，而且又比錫安苗條得多。」

錫安目瞪口呆。「休旅車還有第三排座位。」

她的臉亮了起來。「太好了，那就給你們坐吧。」

珍妮莎鑽進車內時，我轉頭看著瞪大雙眼的錫安，下巴也跟著掉了。「真不敢相信她竟然說出那種話，『艾芙琳』。」

他小聲說：「這個笑話還挺好笑的。」

我憋住笑聲。「我想她不是在開玩笑。她很有一套，同時侮辱我們兩個。」

我跟錫安從側滑門爬上車，坐到第三排。

駕駛座上的希爾太太轉頭詢問：「大家都坐好了嗎？」

「好了。」我說：「幸好我不需要扶手。」

希爾太太挑眉，錫安哼笑一聲，珍妮莎大聲呼了一口氣，一副覺得我們的言行無聊至極的模樣。

希爾太太滔滔不絕的分享她今年花了多少心力挑選穿去動漫展的服裝。「我絕對不要扮神力女超人，太氾濫了。」

「媽，你可以再扮一次努比亞啊。」藍道說。

「連續兩年扮同一個角色？」希爾太太大叫，「今年我要來點不一樣的，最好是以前從來沒有嘗試過的領域。所以努比亞、雌狐、迷霧騎士、光譜、天空火箭，這些漫畫裡面的黑暗系女性角色都不在考慮範圍內。」

「亞曼達・華勒如何？」藍道問。

希爾太太哼了聲。「要我穿上班族套裝？而且還沒有超能力？男性英雄還真是好當啊。漫畫裡面的男性角色跟女性角色數量完全不成比例，更別說主流黑人女性超級英雄了。」

「你可以扮成暴風女啊。」我提議。

「太普通了。」

「或許你可以挑個完全脫離常軌的角色。」我說：「比如說男性角色的女性版本，像是浩克小姐之類的。」

藍道笑個不停。「浩克小姐。」

「我喜歡這個點子。」希爾太太說：「其實真的有女浩克這個角色。」

「酷耶。」我說，「女浩克。」

希爾太太把車開進購物中心的停車場，在照後鏡中對我微笑。「好主意。」

「是啊，好主意，『艾芙琳』。」錫安對我小聲說，我們笑成一團。

一進商場我們立刻解散。藍道牽著珍妮莎的手走遠。「別給我親來親去！」希爾太太對著他們大喊。

藍道轉過身，張大嘴說：「媽，你開玩笑嗎？」

她轉頭對我跟錫安說：「兩個小時後回來美食街這邊會合。」

我跟錫安離開時，她不需要警告我們不要親來親去。我們直接走向萬聖節特賣店，我一進店裡馬上站到擺了整面牆的面具展示區前，脫下夾腳拖，用腳趾夾起一張格外血腥的面具。接著我坐到地上，將面具戴到頭上，調整鬆緊帶。「你覺得如何？」我問錫安的意見。

「好噁。」錫安說：「我不想跟這東西在動漫展裡相處一整天。」

我起身，學著殭屍搖搖晃晃的步伐走向錫安。「你不想跟我親來親去嗎？」我隔著面具，發出淒厲的聲音。

錫安哈哈大笑，輕輕推開我。「天啊，才不要。離我遠一點。」

「來嘛，親一個。」我逼近錫安的臉，嘴裡發出噁心的啾啾聲，「小鮮肉，來親一個。」錫安扭身逃跑，在店內走道間躲避我。我頂著面具，嘴裡啾啾亂叫。

「艾玟？」聽見有人叫我的名字，我猛然轉身。約書亞站在我背後，走道上還擠了幾個同校的學生，他的朋友像是看著怪胎一樣盯著我瞧，但約書亞只是笑著問：

「你在幹麼？」

我透過面具的眼洞看他。「沒事。只是在欺負錫安。」我坐下來，用腳脫掉面具，放到一旁去。我重新站好，整張臉肯定紅得像火焰。

錫安站在我身旁，狠狠瞪著他。「她做什麼跟你無關。」儘管我希望錫安別跟約書亞如此針鋒相對，但也對他這幾個月以來自信成長的程度感到驕傲，去年的他絕對無法對任何人說出這種話。

約書亞微微一笑。「老兄，就不能把過去的事情留在過去嗎？」

錫安緩緩搖頭，但我開口詢問：「約書亞，你來購物中心做什麼？」

「打發時間而已，我可以跟你們一起逛嗎？」

錫安說：「不行。」而我同時說：「好啊，我們在找參加動漫展的服裝。」

「酷耶。」約書亞說：「藍道前天在練球的時候提到動漫展。錫安，我記得你們一家人都很迷那些動漫。」

「對，我記得你叫我死肥宅。」

約書亞的視線在我跟錫安之間游移，他在一旁的朋友悶聲訕笑。「才沒有。」他堅決否定。

「有，你有說過。」

「你怎麼知道是我說的？你總是看著地上。」

這倒是沒錯。

「現在你哥跟我都在橄欖球隊裡，我們應該要和平共處。」

眾人沉默了好一會，我開口：「約書亞，你可以幫我挑一套衣服嗎？」

他的臉亮了起來。「好啊，我很樂意。」

約書亞跟他的朋友說他要陪我們逛一下，我們一起穿梭在貨架之間，我往一套女超人的服裝歪歪腦袋。「會不會太蠢了？」

「不會啊，你穿起來一定很好看。」約書亞從衣架取下斗篷，披在我肩上。

錫安踢踢旁邊牆腳的橡膠飾板。「我想走了。我已經有衣服，而且現在時間也差不多了。」

我看看腳踝上的錶，發現還剩四十五分鐘，但我不想跟錫安爭，特別是在他如此不可理喻的狀況下。

約書亞陪我們回到美食街，錫安一路上沉默不語。我和約書亞聊著學校的事情，顯然約書亞跟錫安之間的不愉快早就過去了，現在的約書亞已經改頭換面，我無法想像他做出錫安說的那些事，不由得再次懷疑錫安是不是加油添醋過了頭。

來到美食街，我跟錫安找地方坐下，約書亞跑去買果昔。「你最好別真的喜歡上他。」錫安說。

「他人很好啊。」

「艾玟。」錫安的嗓音中帶著懇求。

「而且他很可愛。」

錫安咕噥一聲。

「你該放下過去了，每個人都該有第二次機會啊。」

約書亞端著兩杯果昔回到桌邊。「來，艾玟，我也幫你買了一杯。」他把杯子放到我面前桌上，跟著坐下來。

「你人真好，謝謝。」

我喝了一口果昔，錫安突然起身。「我看不下去了。我去一下廁所。」他說完撇頭就走。

約書亞對我苦笑。「他總是在針對我呢。」

「他不太會交朋友。」我說。約書亞的同伴恰好走進美食街，他們在附近的座位坐下，以不懷好意的眼神盯著我們。「你要不要跟你朋友坐？」我問。

約書亞搖搖頭。「不，我想坐你這邊。」

我勾起嘴角。「為什麼。」

「艾玟，因為我喜歡你啊。」

「真的？」

「當然，你幹麼這麼意外？」

「你跟我還沒有很熟耶。」

「我已經夠了解你了。」說完，他放下果昔，靠向我。

他的臉不斷靠近，我心中瞬間閃過上百萬個思緒。老天啊。他在幹麼？他真的要親我嗎？我的初吻就要在這裡發生嗎？在一堆人面前？在美食街裡面？在塔可餅店跟肉桂捲店之間？

我毫無準備，不知道該如何反應，我甚至不知道要如何親吻。我會不會不小心舔到他的鼻子，或是口水流滿下巴？

高中就是這麼一回事嗎？「嗨，我叫鮑伯，很高興認識你。來接吻吧。」

如果我別開臉的話會有什麼後果？我真的想把初吻獻給這個一點都不熟的男生嗎？他跟他的朋友會不會覺得我是怪人？

約書亞真的很可愛。他很受歡迎，人又很好，可是真的要如此發展嗎？

記住，艾玟。你很酷。你很超然。

我閉上眼，等待約書亞的唇碰到我的嘴。

然而什麼都沒有發生。

我睜眼發現約書亞盯著我看。他搖搖頭，轉頭對他的朋友嚷嚷，音量大到整個美食街的人都聽得見。「這我真的不行！太噁了！」

他們那桌炸開笑聲，他起身回到同伴身旁，其中一人往他手臂一拍說：「你輸了，你應該要選真心話才對，你輸啦。」

我心臟狂跳，耳中響起隆隆脈搏聲，眼前一片模糊，無法呼吸。

這是……

怎麼……

一回事？

美食街的雜音混在一塊，我幾乎什麼都聽不清。身體輕飄飄的，像是要浮起來似的，彷彿我人不在這裡，彷彿這一切都不是真的，只是一場夢。我真希望這全是夢境，希望這不是真的。

然後我回到現實。我知道事情真的發生了。等到視野恢復清晰，總算有辦法吸氣，我看到錫安站在身旁，低頭看著我，張著嘴，神色驚恐。「艾玟？」他輕聲呼喚。

我跳起來，動作太急，連椅子都撞倒了。我逼迫自己無力的雙腿跑出美食街，推開購物中心的門，衝向灼熱的戶外，耳邊只聽得見心跳聲，以及朋友遙遠的嗓音。

我繞著購物中心外牆走，直到遠離美食街，汗水從全身各處滴落。應該沒有人找得到我吧？我回頭鑽進某間店，從側背包裡翻出手機，它從顫抖的腳掌上墜地。我用腳趾頭將手機翻面，發現螢幕裂了，淚水湧入眼眶，滴到手機旁的地面上，我好不容易按下電話簿中「媽媽」的按鈕，跟她說我不舒服，請她來接我。

在我等待她的時候，手機響了又響，全都是錫安。接著是一連串的簡訊：「你在哪裡？」「你還好嗎？」「我媽很擔心。」「你還在購物中心嗎？」

最後我只能回他兩句：「沒事。我媽要來接我。」

我站在手機旁，眼淚灑滿地，這是我這輩子最屈辱的一刻，沉重的情緒幾乎要把我壓垮。

我傳了最後一句話給錫安：「剛才的事情別跟其他人說。」

第十一章

爛、爛、爛
什麼都爛
哪裡都爛
大家都爛
爛、爛、爛、爛

——「尖叫雪貂」

那天晚上，我反胃到吃不下晚餐，七點就爬上床鋪，躺了好一會，聽樓下酒吧的鋼琴師奏出〈表演藝人〉的旋律。最後我真的忍不住，戴上耳機，放了幾首「尖叫雪貂」的歌來淹沒雜音——鋼琴曲的雜音，我心裡的雜音。

我還有什麼臉去上學？不行。做不到。我從現在起要跟崔比一樣在家自學，沒有其他選項。要我回學校，不如死了算了。

大概到了半夜，我爬起來，坐在電腦前打了一篇網誌。

我猜我這輩子還滿幸運的，認識的人大多對我很好。就算他們不知道該如何反應，或是說了什麼蠢話，或是用那種眼神看我，至少他們都不是抱持惡意。或許是害怕，或許是無知，但基本上不是惡意。

沒錯，很多人對我說過難聽話，他們拿我開玩笑，對我不禮貌。然而我一直搞不清楚人能壞到什麼程度，現在才發現來自旁人的惡意有可能遠遠超出我的想像。

因此我猜我運氣夠好，活到十四歲才真正面對如此難以承受的惡意，導致現在我實在是不知道該如何是好。

我總對人抱持期盼，相信大家都有可能改變。我相信人性本善——至少好的部分會比壞的部分多。但現在我才知道我錯了。感覺超差的。我一點都不想再看走眼了。

然後我刪掉整篇文章。

第十二章

也許我不在那裡
你摔倒沒能接起
但我現在就在這裡
好好聽你喊到底

——「惡魔島之子」

隔天我跟爸媽說我很不舒服，沒辦法上學。我實在是不知道要如何面對學校，在我遭遇了奇恥大辱之後絕對不行。那件事應該要記入史書，就像獨立革命，或是納森熱狗大胃王比賽。我僅存的氣力只夠我戴上耳機，用龐克搖滾樂團淹沒心中可怕的想法。

到了第三天，媽媽敲敲我房間的門，走了進來。「親愛的，今天還好嗎？」

我低聲呻吟：「糟透了。」不知道裝病能騙過他們多久。

「抱歉，我工作忙，沒辦法在你不舒服的時候多陪你一下。」

「沒關係。」我喃喃回應。我很慶幸爸媽不在身旁，我不希望身旁有人。

「錫安來了。」

我坐起來。「他來幹麼？」

「他要拿一些學校的講義跟作業給你。」

「好吧，那他可以走了，不然我怕會傳染給他。」

「他說他不怕被傳染，而且你看起來完全沒有發燒之類的，我想應該不會傳染。」

「媽，世事難料。」

錫安從她背後探頭，輕聲打招呼：「嗨，艾玟。」

媽媽離開房間，我把雙腳擺到地上。錫安拿出一小疊紙張放在我書桌上，又輕輕敲了敲肥頭的飼養箱，可是肥頭沒有理他，然後他在我隔壁坐下。

我無法直視他。他沉默了好一會，轉身抱住我。

憐憫的擁抱。

我羞愧又屈辱的無地自容，無論他說什麼或做什麼都不會有更糟的效果。「抱歉。」我說。

他放開我。「為什麼要道歉？」

我低頭盯著自己的雙腳。「我沒聽你的話，我應該要相信你才對。」

「你只是相信人性本善。」

「他以前那樣對待你，我應該要討厭他。看看我為了有人喜歡我，連做人的道理都不顧了。」

「才不是這樣。我也無法想像你討厭別人的樣子，就算是……」

「就算是怎樣？」

「對，你真的該相信我，朋友不就是為了這種事情存在嗎？」

我對著地面皺眉。「你沒跟其他人說吧？」

錫安搖搖頭。「我跟我媽說你不舒服。她很擔心你，藍道也是。」

我皺起臉。藍道跟約書亞都是橄欖球隊隊員，不知道球隊的人會不會發現——發現有人覺得我很噁心，親我就跟吃掉馬達加斯加大蟑螂一樣，是天大的難題。又一波淚水湧入我眼眶。

「艾玟。」錫安說：「我說過好幾次了，那傢伙是個特別惡劣的壞胚子，他的朋友也是。你就別放在心上了，事情總會過去的。」

「別放在心上。」我重複唸著，眼淚沿著臉頰流下，「就像是你不再把他叫你

『肥安』的事情放在心上。」我搖搖頭，「難怪你去年那麼消沉。」

錫安聳聳肩。「我都撐過去了，你一定也可以。只是會難受一陣子罷了。我讀小學的時候還不怎麼在意自己的體重，雖然那時候也老是被人欺負。進了中學，約書亞跟他那群朋友的惡劣手段更上一層樓，我不想看到他對你做出同樣的事情，所以才不斷警告你。」

我縮了一下。

你真的應該相信我。

我說過好幾次了。

所以我才不斷警告你。

看得出錫安受傷了，我也受傷了，只希望我們的友情沒有受到損傷。

「你沒有……生我的氣吧？」

錫安起身，回到肥頭的飼養箱前。「沒有。」但他語帶猶豫，也沒有看著我，「當然沒有。」

「我知道我該相信你，我再也不會不相信你了，現在我完全相信你絕對不會跟任何人說出那天發生了什麼事。」

錫安轉過身。「當然不會。我為什麼要說出去？」

「我不認為你會說。」

「那你幹麼還要說呢？」

我聳聳肩。「我只是想讓你知道我信任你。」

錫安又敲了下肥頭的飼養箱，牠沒有任何動靜。「好啦，我不能再待下去了。」他說：「我媽還在車上等我呢。」

我既希望他能留下來，確認我們的友情完好如初，同時又想叫他快走，這樣就不需要繼續面對這件事。我朝著那疊講義歪歪腦袋。「謝謝你幫我送東西過來。」

錫安微微一笑。「朋友不就是為了這種事情存在嗎？」

我盡全力擠出同樣的笑容。「不只是這樣。」

我送錫安離開，又幫媽媽擺好晚餐的碗盤。

「小巴巴，你好點了嗎？」我跟爸爸隔著餐桌坐下，他開口關切。

我回應：「不太好。」

「怎麼了？胃痛嗎？」

「對，胃痛、頭痛、喉嚨痛……腳痛。」

爸爸對我歪歪腦袋。「也太多地方痛了吧。很遺憾你這麼不舒服。」他把玩手中的叉子，「你確定跟別的事情無關嗎？」

「比如說？」

「你為了別的原因不敢去上學？」

「才不是。」我撒謊，「我是說，沒錯，我不想去上學。但我不是不敢，我只是在想或許以後都不去學校，就當個隱士這樣。」

爸爸笑了。「我覺得你沒辦法好好當隱士耶，你會很寂寞的。」

「我可以。我在網路上找到一篇文章，完完整整介紹要如何隱居，步驟、祕訣、照片全部都有，看起來一點都不難。」

媽媽把鍋墊丟到桌上。「真的？」

「都是怎麼樣的照片？」爸爸問。

「就是一些……隱居的人。」

媽媽往鍋墊上放了一整鍋瑞典肉球。「有什麼祕訣？」

我聳聳肩。「我沒有全部記下來，其中一個是跟其他隱士保持聯繫。」

「感覺還滿……矛盾的。」爸爸說。

我點頭。「是啊，那篇文章不太好。」

媽媽也坐了下來。「艾玟，你為什麼要上網查如何成為隱士？」

「就好奇啊。」

「你不會想念我們嗎？」爸爸問。

「喔，我還是偶爾會跟你們見面。」

「那就不是真正的隱士啦。」媽媽說。

「那我想我可以當兼差隱士。只要你們不再叫我去上學，我就可以達成兼差隱士的人生目標了。」

「到底發生什麼事情讓你這麼不想去學校？」媽媽問。

「沒事。」我堅持不說，「我已經說過一百次了。」一直到我抬起頭，看到媽媽臉上受傷的表情，才發現自己的語氣有多傷人。

我又低頭盯著盤子，喃喃說：「抱歉。」我用腳握住杓子，撈起一顆孤單寂寞的肉球放到自己的盤子上，拿叉子戳起來放進嘴裡。我一點都不餓。

我知道爸媽坐在那裡卻沒有吃東西，一直盯著我看，等我再說些什麼，但我什麼都沒說。

「我們希望你跟我們說說你遇到了什麼事。」爸爸終於開口。

但我再怎樣也無法透露那天的奇恥大辱，對誰都說不出口，只希望錫安也不會說出去。

第十三章

你不懂
我為何會這麼做
你不懂
自己為何猜不透

——「尖叫雪貂」

我興高采烈的迎接星期六的到來，這樣就不用裝病了。我缺了四天課，進度落後不少，同時也少上了一堂馬術課。那又怎樣？我本來就沒辦法在表演前練好所有的招數，我本來就沒辦法……做好任何一件事。

我總算離開絕望的洞窟，在死氣沉沉的園區裡遊蕩，對許多客人來說現在還是太熱了。我走過索諾朗果昔店，沒有多看一眼。要到何年何月，我喝果昔的時候才不會想起約書亞跟他的朋友對我做過的好事？太好了。約書亞不只毀了我的高中生活，連果昔也一起摧毀殆盡。再加上我的手機，說不定連我和錫安的友情也無法倖免，還有

我的一輩子。

崔比衝出店門，大聲打招呼：「嗨，艾玟！」

我努力勾起嘴角。「嗨，崔比。」

「你要進來嗎？」

我搖搖頭。「不用了，我身上沒錢。」

「聽說你生病了，我請你。」

天啊，我真想跟天真無邪又可愛的崔比一樣在家自學，她完全不知道人生有多艱難。「不了，謝謝。我好像對果昔過敏。」

她挑眉。「每一種都過敏嗎？」

「對。」

「你會對雞肉果昔過敏嗎？」

「才沒有這種東西。」

「做得出來啊。我可以加一點雞肉進去打。」

「好噁。」

「我是不會真的做啦。我又不吃雞肉，更不會加進果汁機打。」

「我再說一次：好噁。」

「說不定是鳳梨的問題。」她說：「有些人對鳳梨過敏。我可以幫你做沒放鳳梨的。」

「就跟你說我不要喝你們家的鬼果昔！」她的笑容凋謝了，「抱歉。我還是不太舒服，我要去看看義大利麵。」

我丟下崔比，她站在果昔店門口，一臉錯愕。

然而義大利麵也無法給予我半點安慰。最近每次看到牠總是令我擔心不已，害我心情更糟了。

我穿過中央大街，走進冰淇淋店，欣賞牆上那些我生母拍攝的狼蛛照片。「嗨，小艾玟。」亨利從櫃臺後招呼我。

「亨利，如果我點薄荷脆片，你會給我這個口味，還是草莓口味？」

他笑著搖搖頭。「你要草莓口味嗎？」

我不耐的吸氣。「不，我要薄荷脆片。跟我說一次：薄荷，脆片。」

他直視著我。「薄荷，脆片。」

「我不要香草或是巧克力或是草莓，我只要薄荷脆片。」我心底知道自己現在有多討人厭。先是對崔比發脾氣，現在又來為難亨利。但有時候女生說不要就是不要，要就是要，我現在就想獲得薄荷脆片的撫慰。

我看著亨利拿起冰淇淋挖杓，打開冷凍櫃，我大叫：「薄荷脆片！」

他嚇了一跳。「好啦，好啦。」

我心滿意足的看著他挖起一點薄荷脆片冰淇淋，放進碗裡。他繞過櫃臺，幫我放在桌上。

我坐在我的冰淇淋前，脫下一隻夾腳拖，用腳趾夾起湯匙，挖了一大口放進嘴裡，讓冰淇淋慢慢融化，冰凍我的牙齒，讓我牙根發麻。

好想哭。就連薄荷脆片也沒效。

亨利隔著小小的金屬桌坐在我對面。「你起床的時候落枕了嗎？」

我這才意識到自己一副剛起床的模樣，我已經好幾天懶得梳頭了，更別說是洗頭。我身上現在應該在發臭。

我不想讓話題繞著自己打轉。「亨利，再跟我說說孤兒院的事情。」

「孤兒院？」

「對，你說過了，你是孤兒，跟我一樣。」

「你不是孤兒。」

「我是。」

他搖搖頭。「我認識你媽媽。你不是孤兒。」

「我媽媽死了。」

亨利張大嘴。「喬……喬，她……」

「不是的，亨利，艾玟是我媽，喬是我外婆，記得嗎？喬現在住在退休社區，還被一個叫米爾福的老先生跟蹤。」

他點點頭，表情放鬆了些。「沒錯。」

「你當孤兒多久了啊？」我問。

他摘下眼鏡，揉揉眼睛，然後又抖著手戴回眼鏡。「嗨，親愛的，要來點什麼嗎？」

我搖搖頭，又吃了一口冰淇淋。「亨利，你已經給我冰淇淋啦。」

「你看起來很難過。喬還好嗎？」

「喬很好。」我望向窗外轉為粉橘色的天空。日落症候群。「她在退休社區。」

他笑了笑。「感覺那裡滿不錯的。」

「是啊，亨利，你也在那裡待過。」

他雙眼一亮。「是嗎？」

我點頭。「有，你在那裡住過幾次。」

「喔。好啦，小艾玟，來說說你現在有幾個男朋友啦？」他對我眨眨眼，似乎是想逗我開心，然而這個問題只讓我覺得無地自容。

「零個。」我說：「半個都沒有。」

「半個都沒有！」亨利大聲嚷嚷，「我還以為他們要撞壞你家大門了。」

我咕噥：「是不是有什麼《老人如何跟青少年對話》之類的書？你們怎麼都在提同樣的事情？」

亨利東張西望。「你說誰老？」他說完輕笑一聲，指著我的臉，「啊哈！看你笑得多好看，男生會為了你的笑容瘋狂。」

我的臉垮了下來。「才怪。沒有人會喜歡我到那種地步。」

第十四章

不用開口
只有你和我
不用開口
我們這樣就夠

——「惡魔島之子」

星期日，我躺在沙發上看電視。幸好媽媽要去鳳凰城的某間倉庫領回放了太久的訂做T恤，我可以獨自在家，努力編出天衣無縫的缺課藉口，這時有人敲了敲我家的門。

無論是誰都滾開，我一點都不在乎，然後我聽見一聲吠叫。

可惡。

我起身開門。「她還活著！」康諾大叫，瞬間收起笑容，「你看起來糟透了。」

「謝啦。」我回到沙發旁坐下，「都忘記你今天要來了。」

「是啊，你都不接電話，我也沒辦法提醒你。」

「手機沒電了。」

「騙鬼。我每次都會聽到六輪來電答鈴，如果沒電的話不會有任何反應，會直接轉進語音信箱。」

我對他皺眉。「怎樣，你是福爾摩斯喔？」

康諾重重坐到我隔壁。「你看你鼻子都長到要撞牆了。」他盯著電視螢幕，「你幹麼看自給自足生活的節目？」

「做功課。」我說：「為了我未來的隱士生涯。」

康諾點點頭。「我也嘗試過隱居。很孤單，你連一天都撐不了，你太需要社交了。」

「我即將大幅改變我的人生道路，減少社交是其中一項改變。」

他直盯著我看。「你是怎麼了？」

我也盯著他。「你又是怎麼了？怎麼開心成這樣？」

他聳聳肩，連續眨了幾次眼，吠了一聲。「學校比我預期的還要順利。」

「因為有亞曼達嗎？」我努力掩飾說出她名字時的不屑語氣，但可能沒有藏得很好，「這個星期放學後你有如願約到她嗎？」

「有啊。」康諾戳戳我側腰，「怎樣？忌妒嗎？不用吃醋啦，我聽說你有喜歡的人了。」

我從沙發上跳起來。「才沒有。誰跟你說的？」

康諾似乎是對我的反應頗為訝異。「錫安。他說你喜歡那個叫約書亞的混蛋，說他在六年級的時候被那傢伙取笑過，他——」

「才不是。我才不喜歡他。錫安是什麼時候跟你說這件事的？」

「上週末。我們來這裡的時候。」

我坐回原處。「我一點都不喜歡他。錫安說得對，那傢伙是宇宙無敵大混蛋。」

康諾一直看著我。「艾玟，你還好嗎？你好像有點反常。」

「或許這是我嶄新的面貌。」我抬起頭，「歲月為我增添了智慧，我不會再被耍第二次了。」

「誰耍你？」

我回頭繼續看電視。「這不重要。」

我們靜靜並肩坐著，學習堆肥式廁所的各種訣竅，顯然這是自給自足生活的絕佳選擇。我在心中暗暗記下一筆。

「真有意思。」康諾說：「你什麼都不想說嗎？」

「我想弄個堆肥式廁所來看看。」

「可以聊聊廁所以外的事情嗎？」

我嘆息。「你最近跟你爸處得如何？」

康諾翻翻白眼。「他總是變著花樣，找我參加那些『增進親子情感』的活動。」

康諾又用手指比出雙引號，腦袋往後一靠，迅速眨眼，「我知道你要說什麼。」

「什麼？」

「說我該陪陪他，說人都會改變，說每個人都該有第二次機會。」他嘖嘖幾聲。

我盯著電視螢幕。「我沒打算說那種話。真的。」

「哇，你真的很反常耶。」康諾喃喃唸了句。我們默默看著節目進入風力發電的單元。康諾轉頭對我說：「你也打算來一臺風力發電機嗎？」

「看來我會需要一臺。」

「我沒有看過這麼無聊的節目，要不要玩點什麼？」

我讓步了，跟他打了一、兩個小時的電動，中間有好幾分鐘我差點把那場奇恥大辱趕出腦海。

我們正要放下遊戲搖桿時，康諾的媽媽敲了門。「雖然玩得很高興，可是我得走了。」

我瞪著地板。「抱歉，我今天沒有好好陪你。」

康諾走向門外。「沒事，鬧脾氣的艾玟比大部分的人還要好相處。」

「很高興你能這樣想，因為我以後都會是這個樣子，至少接下來四年是如此。」

「那我很期待四年後的你。」

「我也是。」我小聲咕噥。

第十五章

——「我們是圖書館員」

遮住我的眼
把雙耳一掩
我不想看見
也不想聽遍

隔天早上，媽媽來叫我起床上學。「我身體不舒服。」我對她說。

她坐到我床上。「艾玟，我不知道上星期出了什麼事，可是我希望你能跟我說。」

我把臉埋進枕頭。「沒事。我只是不舒服。」

我感覺得到她的視線戳入我的後腦勺，彷彿她能像超級英雄般從眼睛射出雷射光。「無論如何，你都不能一輩子逃避，或是撒謊矇騙過去，日子總要過下去。」

「我為什麼不能在家自學？」我對著枕頭發問，聲音悶悶的。

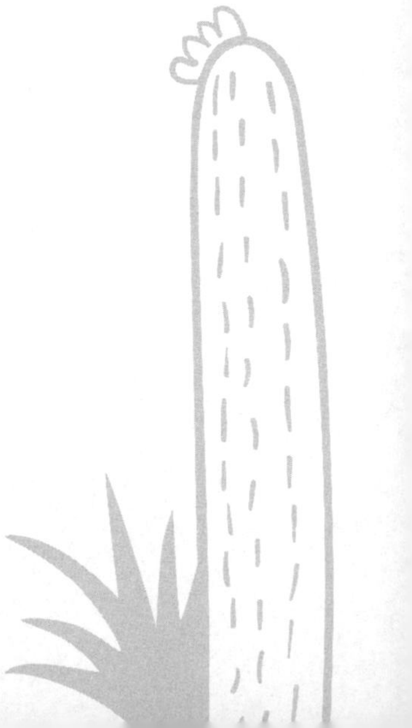

「因為我得要在園區裡工作，也不知道要怎麼教你代數。」她伸手要撥開我的頭髮，我往枕頭裡埋得更深，「你不能逃避人生。」

「我可能不想再繼續面對人生了。」

「抱歉要讓你失望了，你得要不斷面對人生，直到你變成小老太婆，在黃金落日退休社區過世。說不定到時候他們的房間裡會有浴缸，菜單上有蝦子。」

「我才不要吃蝦子。」我猛然翻身面對她，「我也不想上學，我要待在這個房間裡。一輩子。」

媽媽的臉皺了一下。「這樣會很臭耶，你要把自己熏死嗎？」

「才不會，我還是會去沖澡。」

「你不離開房間的話要怎麼沖澡？」

「那我就擦澡。」

她聞了聞周遭的空氣。「你上學前可能該擦個澡。」

我坐起來，紅髮在我臉頰周圍亂成一團，我擺出最臭的臭臉。「你不打算放過我，對吧？」

她搖搖頭，一手攬住我。「當然嘍。」她把我按進懷裡，親親我的頭頂，「不過呢，今天有個小小的優惠。」她托著我的下巴，親親我的鼻尖，「你不用搭有輪子的烤土司機上學，我開車送你。」

「我中午不去餐廳。」錫安在戶外的長椅上等我，我高聲對他聲明原則，「你不能逼我！」

他聳聳肩。「我沒有要跟你爭，可是坐在外面的話你會被烤熟。」

「啊哈！我準備好防晒乳啦。別抵抗了。」

「好吧，你真是設想周到。」

「廢話。晚點見。」說完，我衝向今天第一堂課的教室。

到了中午，我跟錫安坐在遮陽棚下吃午餐。「謝謝你今天陪我在外面吃，我知道天氣很熱。」

錫安額頭的汗水像瀑布般流入他眼睛裡，他抹了一把，咬了一口香蕉。「沒有那麼熱啦。」他說：「好吧，我覺得我隨時會昏倒，記得把我叫醒。你有帶嗅鹽吧？」

「我就是沒辦法進去。」我看看四周，「他們一定在裡面。」

錫安點頭，擦擦汗。看到他腋下的一大片汗漬，我知道他是真正的朋友，他的忠誠無須懷疑，我應該要信任他對一切事物的判斷才對。「接下來三年，他們都會在餐廳裡吃午餐。」他說：「你要讓他們稱心如意嗎？」

我嘴裡嚼著水果乾，悶悶不樂。「才不要。」

「你仔細想想，要是你一開始聽我的話，現在我們就能舒舒服服吹冷氣了。」

我瞇眼瞪著錫安，陽光太強了，而且我也不想聽他反覆說教。他說的我都知道，我知道應該要聽他的話。正要回話時，藍道跟珍妮莎還有幾個朋友經過。「大熱天的你們幹麼在外面吃午餐？」藍道說著，背包丟到桌上，在我隔壁坐下。

我看著錫安，他聳聳肩。「看看不同的風景。」

「老弟，你看起來快要熱昏了，腋下溼了整片，在女士面前可不太好看啊。」接著藍道轉向我，「艾玟，你身體還好嗎？」

「怎麼了？」

「你不是生病了嗎？」藍道說：「你請了一個星期病假，我很擔心你。」

「為什麼？」

藍道哈哈大笑。「你怎麼這樣疑神疑鬼啊？」

「我只是不知道你為什麼會在意。」

藍道按住胸口。「喔，我的心好痛。所以說你生了什麼病啊？」

老天，我生了什麼病？我腦中一片空白，脫口而出：「肉毒桿菌。我染上了肉毒桿菌。」

藍道看看我又看看錫安。錫安煞有其事的點點頭。「對，就是這個病。」

「哇塞。」藍道說：「我們才在生物課學過耶。」

可惡。

「那真的很嚴重。」藍道繼續說：「也很罕見。超級罕見。你能活著算你走運。你怎麼會被傳染肉毒桿菌？」

我搖搖頭。好吧，說謊真是太危險了。「喔，我說了肉毒桿菌嗎？我是說我得了……支氣管炎。」

藍道一臉困惑。「這樣啊……雖然不知道你為什麼會搞混。」他笑了聲，「不過現在看起來你的呼吸很順暢。」

我深呼吸。「我的支氣管都好了。」

藍道微微一笑。「你找好穿去動漫展的衣服了嗎？」

我搖搖頭。「我想我就不去了。」

「什麼？」錫安跟藍道異口同聲大叫。

「你一定要去。」藍道說：「展場活動超好玩！」

「不知道耶。」我說：「我想走隱士路線，動漫展之類的活動不符合我的風格。」

藍道猛然拍桌。「那你可以扮成隱士去玩！」

我笑了，睽違一個星期的笑聲。「有哪個漫畫人物叫做隱士嗎？」

「當然有。」藍道說：「你想得到的人物類型漫畫裡都有，隨便你選。還有啊，我一直在勸錫安參加返校舞會，你們兩個要不要乾脆一起去？」

我跟錫安互看一眼，皺皺鼻子。

「當然了，我是說以朋友的身分。」藍道說：「天啊，你們兩個真是的。」

「不管怎樣，錫安都不會想跟我一起去，我認為他有更想約的人。」

「誰？」藍道問。

錫安踢踢我的腳。「艾玟！」

「你為什麼不約她？她一直都在家裡自學。她跟我說她很想參加學校的舞會，而且她覺得你很可愛。」最後一句純屬虛構，但我誠心期盼是如此。唉，撒謊越來越容易了。

錫安瞪大雙眼。「她真的這麼說？」

藍道兩手一攤。「天啊，拜託告訴我你們在說誰。」

「崔比。」

「艾玟！」錫安又叫了一聲。

「去約她啊。不然這樣好了，我跟她提這件事，看她的反應如何。」

錫安撥動丟在桌上的香蕉皮。「要是我同意你跟她說，你也要答應我一件事。」

「什麼？」

「你要跟我們一起去。」

藍道點頭。「對，這樣才公平。」

如果是一個星期前，我肯定會興奮不已，但現在完全不同了。我幹麼把自己送上門去給人羞辱呢？「我不可能出席任何舞會，你很清楚學校舞會有什麼花招吧？」

錫安張大嘴。「對，艾玟，我知道。大家都在跳舞，簡直是惡夢。」

「不只是跳舞。」我湊過去小聲說：「還要比出YMCA的手勢。」

錫安的臉皺了起來。「那又——」他的腦袋終於轉過來了，「喔。」

「對，就是這樣。」

「你可以用腳跳啊。」藍道說：「我們陪你做。」

「多謝你的好意，我心領了。」

「你一定要去。」藍道繼續說：「要是錫安跟崔比都去——」

「怎麼可能！」錫安大叫。

藍道搥了弟弟的手臂一拳。「我們家的休旅車還有一個空位，需要有顆屁股來占。」

「不然會怎樣？」我問。

藍道笑著說：「不然就會多一個空位，很不方便。」

錫安聳聳肩。「你先答應要去，不然我就不約崔比。」

「要去問崔比意思的人是我。」天啊，我超想看錫安帶著崔比出席舞會。我不能阻撓他。我花了點時間想像那幅景象，崔比出現在舞會門口，打扮得超級可愛，頭髮挑染了新的顏色——可能是橘色吧。她跟錫安一起跳舞，說不定還會讓錫安親她的臉頰，意想不到的進展肯定能為錫安帶來天崩地裂般的影響力。

錫安盯著我看，瞇細雙眼。

「好吧。」我說：「我去問她要不要跟我們兩個一起去。」

就在我的心情稍微好一些的時候，最惡劣的轉折突然降臨——約書亞走了過來。

「嗨，艾玟。」他向我打招呼，拋了個飛吻過來。

我狠狠別過頭。

別哭別哭別哭。

藍道看著約書亞走進餐廳，回頭問：「他在幹麼？」

錫安咬了一大口香蕉。「不知道。」

藍道看著我。我聳聳肩。「不知道。」

別哭別哭別哭。

錫安吞下塞了滿嘴的香蕉。「喔對，他說我動漫展應該要扮山怪。」

藍道用力咬牙。「那傢伙太超過了吧。真不敢相信他到現在還會跟你說那種話。要不是會被踢出球隊，我一定要狠狠揍他一頓。」

別哭別哭別哭。

「跟他待在同一隊感覺超差，他真的是個混球。」

別哭別哭別哭。

第十六章

老是這樣騙
胡說八道太愛編
你倦不倦？

——「尖叫雪貂」

那天放學後，我走進黃金落日退休社區，喬瑟芬如往常待在娛樂室裡，捧著封面一樣可怕的小說，這個星期她選中了露出濃密胸毛的海盜。

我坐在她身旁的沙發上。「在公開場合看這種書，你都不尷尬嗎？」

她把小說往旁邊桌上一放。「有什麼好尷尬的？這都是圖書室裡的書，顯然就是要給人看的。」

「這裡就沒有比較……那個，有質感的讀物嗎？」

「這本書很有質感啊。」喬瑟芬堅持，「我唸一段給你聽。」她舔舔手指，往回翻了幾頁。

「天啊，拜託別大聲唸出來。」我看了看四周的老人家，「要是聽到那些內容，恐怕有人要中風啦。」

喬瑟芬不顧我的勸阻，唸出書中文字：「狄米崔對安東妮雅的情意宛如宇宙般遼闊、大海般無邊無際、比全世界最深的洞穴還要深。那是無法抑止的引力，是穿過最險峻水域的船隻。」

我哼笑一聲。「我還真沒聽過這麼俗氣的描述。」

「狄米崔將會等到時間的盡頭——」

「老天，你竟然繼續唸下去。」

「他要等到自己只剩一副枯骨，由幾百年後的考古學家挖掘出來。」她斜眼看我，「海盜之骨。」

我笑到無法控制。「這是我聽過最爛的文字。」

喬瑟芬啪一聲合上小說，丟到咖啡桌上。「你現在成了古典文學的專家啦？」她哼了哼。

我對她笑著說：「抱歉傷害了你的感情。跟你說，聽你唸出這些內容，我覺得好多了，我需要大笑一場。」

米爾福朝我們走來，喬瑟芬在我隔壁擺出臭臉。我低頭看了一眼，幸好他把芝麻街造型拖鞋換成藍色運動鞋了。

「嗨，喬瑟芬。」他的臉頰微微泛紅。

「哈囉，米爾福。」喬瑟芬沒有對上他的視線，「有什麼需要嗎？」

「喔，沒事。我只是想跟你說今天你的頭髮看起來真美。」

喬瑟芬狠狠瞪了他一眼。「你認真的嗎？星期一是我最難看的一天。」

「為什麼？」我問。

「廢話！因為我都在星期二做頭髮啊！」

我不得不承認，她一側的頭髮塌得亂七八糟，但米爾福還是不改笑容。「嗯，我覺得你很可愛，有如美麗的春天陽光下綻放的花朵。」

喬瑟芬咕噥一聲，我說：「嘿，聽起來真像是你那些小說裡的臺詞。」

米爾福一臉得意，完全沒被喬瑟芬氣呼呼的表情影響。「你怎麼不去吃那些棋子？」她問。

他臉色暗下來，緩緩移到棋盤前。

我對喬瑟芬說：「你對他太凶了吧。」

「我就想讓他離我遠一點。」

「可是他喜歡你啊。」

喬瑟芬用力哼了聲。「才怪。」

「真的啦，一看就知道。」

「才沒有。」喬瑟芬態度堅決，「像那種男人只有一個目的。」

我望向棋盤前的米爾福，他一副垂頭喪氣的模樣。「我知道，你之前說過了，只是我不懂那是什麼。」

「他們就是要人幫他們掃房間。」

「可是這裡有清潔人員啊。」

「要人幫他們煮三餐。」

「你們不是都在餐廳吃飯？大家都不用煮啊。」

「要人幫他們記錄藥物。」

「這裡有護理師幫忙啊。」

喬瑟芬朝我歪歪腦袋。「看來說什麼你都有辦法替他解套。」她拎起小說，翻過書頁。

「可以問一件事嗎？」

「什麼？」她隔著書本咕噥。

「你知道亨利有親人嗎？」

她的視線越過小說的上緣飄來。「亨利？沒有，他從以前到現在都沒有親人。幹麼問這個？」

「他年紀這麼大了。真的、真的很老了，感覺比你還老。」

喬瑟芬咕噥幾聲，舉起小說，不讓我看到她的臉。

「要是他出了什麼事，我們可以聯絡誰？」

「可以打給我。」她說：「交給我這個第二老的老人。」

「可是你又不是他的親人。」

「我是他最親近的人啦。」

「他說他是孤兒，住過真正的孤兒院。」

「對。」

「你還知道其他事情嗎？」

「不知道。」

「你都不在乎他有沒有親人嗎？」

「我說過了，亨利沒有親人。」

我一頭靠上沙發背，咬牙說：「好吧。」我看著房裡其他人，默默坐了一會，一名老婦人推著助行器緩緩走過，我突然好怕自己變老。我要怎麼推助行器？要是雙腿越來越不靈活，我該怎麼辦？

「跟我說說學校發生了什麼事吧。」喬瑟芬的聲音把我帶離可怕的想像，「一切都還好嗎？」

我大聲嘆氣，仰頭看著天花板。

「那麼好？」

「我正在考慮在家自學。」

「那你媽怎麼說？」

我挺直背脊。「她完全反對。」我的語氣中滿是憤慨。

「嗯哼。」

「總有提供線上課程的學校吧。」

「嗯哼。」

「反正如果我要當隱士，讀那麼多書也沒用。我只需要知道如何組裝堆肥式廁所，還有風力發電機跟太陽能發電板之類的。學校連農業方面的選修課都沒有呢。」

「隱士嗎？聽起來很孤單啊。」

「聽起來超讚的。」

「我覺得一點都不讚。」喬瑟芬翻了一頁，「一點都不讚。」

我咬咬牙。「大家都不支持我的生涯規畫。」

「因為你的生涯規畫超爛的。」

我狠狠瞪著喬瑟芬。「或許我該去尋找我的親生爸爸，看能不能找到站在我這邊的人。」

「祝你好運。」

「我要怎麼找他？你一定知道一些線索，對吧？」

「我早就說過我什麼都不知道了。」

「對，就跟你不知道亨利有沒有親人一樣。天啊，你該不會什麼都不知道吧。」

她瞪了回來。「我知道很多重要的事情。」

「是喔，比如說海盜之骨？艾玟完全沒跟你透露他的事情嗎？一點都沒有？」

喬瑟芬盯著頁面。「我知道的都告訴你了。」

「你們感情不是很好嗎？」

喬瑟芬嘟起嘴。「你以為我在騙你？」

「你在其他事情上也撒過謊啊。」

「比如說？」

「比如說你是我外婆。」

「我絕對沒有撒謊。」她翻了一頁，「我只是隱瞞事實。」

「還不是一樣。」

「才不一樣。你問我就答啦。」

「那你現在也隱瞞了什麼事實嗎？」

「你為什麼突然對自己的爸爸這麼感興趣？那個人說不定是個廢物。」她朝米爾福歪歪腦袋，「就跟那個米爾福一樣。」

「米爾福才不是廢物。」

喬瑟芬翻了個白眼。「那個喜歡你的男生如何？」

我的腸胃擰成一團，差點就要吐在那本老套的海盜小說上。「哪個男生？」

「你跟我提過的男同學。有什麼發展嗎？」

「沒有，他不喜歡我。忘了他吧。」

她放下小說。「怎麼了？」

「沒事。他就是不喜歡我。」

「你怎麼知道？」

我真的不想再提這件事了。「我就是知道。他是混蛋。宇宙無敵大混蛋。」

「他對你做了什麼？」

「沒事。」

「現在隱瞞事實的人是誰啊？」

我別開臉。「不知道。是誰？」

喬瑟芬哼了一聲，又舉起書遮著臉。「馬術課進度還好嗎？」

我皺起臉。「沒有其他不會讓我想吐的話題嗎？」

「那可以聊聊我的小說。」

「下一個。」

第十七章

要當一個龐克人
不是換裝放話即可
要讓心靈超脫棄捨
社會規矩的隔閡

——「格格不入」

我坐在辣椒背上。為什麼每次上課天氣都這麼熱？可能是因為每天都很熱吧。每、天、都、很、熱。

「別擔心。」晚上爸爸肯定會這麼說：「很快就要降溫了。」然而涼爽的天氣現在看來簡直就是遙遠的記憶。

「今天來練習步法。」比爾幫我戴上頭盔，扣好扣環，「如果你還沒準備好，那就先別想跳躍的事情。」

我點點頭，對著辣椒下令：「趴下。」牠趴到地上，我一條腿跨過牠，踩進馬鐙。「起來。」

辣椒站了起來，比爾拍拍牠的鼻子。「女孩，你真是匹聰明的乖馬兒，對吧？」

我用腳跟輕輕敲打牠的側腹，說：「走。」我們繞了騎馬場兩三圈，讓我累積一點自信，彈舌頭命令牠小跑步。我一直都很喜歡小跑步過程中，被震得微微離開馬鞍的感覺，不過我還是得專心維持穩定。

「加速快跑。」比爾從騎馬場另一頭對我高喊。雖然快跑是這兩個星期剛學會的招式，但想到還要再加速，我的內臟就一陣糾結。

我搖搖頭，高聲回應：「我不想。我會摔下去。」

「你不會摔下去啦。」比爾大喊：「你已經很強壯了。」

「我才不強。」說完，我意識到這句話是千真萬確。我沒有厲害到能夠騎馬，我沒有厲害到能為自己挺身而出，我沒有厲害到能面對高中。

「停！」我對辣椒吆喝一聲，雙腳馬鐙往後拉，連接在馬鐙上的轠繩扯動辣椒的頭，牠停下腳步。我們在豔陽下靜止好一會，大口喘氣。

比爾跑上前。「為什麼要停？你明明做得很好啊。」

「今天我不想練快跑。」

「可是你兩個星期前練得很不錯啊。怎麼了？」

「只是……還沒準備好。」

比爾又拍了拍辣椒的鼻子。「你已經準備好了，只是似乎喪失了信心，你得要把信心找回來。」

如果真是如此，那我麻煩就大了。

「來多練一下轉彎吧。」

於是我操縱辣椒左轉、右轉、左轉、右轉，直到課程結束。

「你今天進步很多。」比爾說著拆下馬鞍。每回看他這麼做，我都會想辣椒總算能擺脫這個沾滿汗水的厚重玩意兒，肯定舒暢得很，就跟我脫下頭盔的時候一樣。

「我不希望你為了這件事給自己太大的壓力。」

我盯著馬廄地板。我確實給自己超大的壓力，對什麼事情都一樣。比爾只是在說好話，我才沒有進步，根本是在退步。我坐在馬廄的小凳子上，比爾幫我脫掉長靴，遞來刷子，我用腳接過。「你應該要多跟牠相處一下。」他拎著馬鞍，「我把這個收好，清理馬具室，你們兩個就好好培養感情吧。」

馬廄裡只剩下我跟辣椒，我凝視著牠。「你有沒有聽見？」我說：「比爾要我們培養感情。」我起身站到牠面前，盯著牠深棕色的雙眼。牠用鼻子蹭蹭我的臉，舔舔我的頭髮，腦袋擱在我的光腳邊。

我笑了。「你真的好聰明。」我用腳趾揉揉牠的腦袋，坐回凳子上，努力幫牠刷毛。我搆不到太高的地方，不過我知道比爾晚點會幫我補上。

比爾回到馬廄裡，在我身旁放了一桶紅蘿蔔。「牠會喜歡這個。剛從冰箱拿出來，冰涼又多汁。」

我一根接著一根餵辣椒吃紅蘿蔔，等比爾刷完毛。之後我去找崔比，想跟她聊聊返校舞會的事情。我輕輕踢了索諾朗果昔店的門一腳，她抬起頭，露出好好笑的表情，然後我又踢了一腳。「你幹麼不進來？」她用嘴型無聲詢問。

我搖搖頭。我不想聞到店裡的果昔氣味。我看過文章，說嗅覺是最強烈的記憶。一旦踏進索諾朗果昔店，聞到那股味道，肯定會喚醒那場奇恥大辱。雖然我一天至少重溫那段回憶五十次，但能減少一次總是好事。

崔比走出店外。「艾玟，你在外面幹麼？」

「我不能進去，可是我有件事要跟你說。」

「什麼？」

「嗯，你以前說過沒辦法參加學校舞會讓你對在家自學不太滿意？」

「是啊。」

「跟你說，我跟錫安打算參加我們學校的返校舞會，是以朋友的身分。我的意思是，錫安不是我的男朋友之類的。我知道他們會播放那些你不喜歡的主流音樂，可是我們希望你可以一起來。跟他一起，跟我們一起。」

我不太確定崔比會有什麼反應，不過看到她的臉一亮，我開心極了。「真的嗎？」她跳起來抱住我，「一定會很好玩。」

崔比願意參加返校舞會，我一方面替錫安高興，同時也為了我這下不得不出席而氣惱不已，不過我想高興的成分比氣惱還多，至少一樣多。好吧，最多就是四比六。

我往亨利的店裡瞄了一眼，發現他忙著招待客人，看起來今天狀況很好。於是我回家沖了個冷水澡，跟爸媽一起圍著餐桌坐下。無論我們有多忙，無論園區裡出了什麼大事，我們每天晚上都會一起吃晚餐。

「我決定要參加返校舞會。」

媽媽手中的雞腿落到桌上，驚喜的掩嘴。

「我的天。拜託別過度反應，不過是一場舞會。」

「我家寶貝的第一場舞會。」她的聲音悶在掌心，「一定要幫你挑一件新衣服。」

「沒錯。」爸爸朝我擠眉弄眼，「聽說最近粉紅色緞帶跟荷葉邊在高中很紅。」

「才怪。」我立刻反駁，「而且現在也沒有人用『很紅』這種詞了。」

爸爸咧嘴一笑。「那就是『很夯』嘍。」

媽媽隨手撿起她的雞腿。「所以有哪個男生要跟你一起去？」

「只有錫安。崔比也要跟我們一起去。」

「果昔店的崔比？」爸爸問。

我點頭。「對，她超酷的。」我瞪了媽媽一眼，「說不定是因為她是在家自學。」

「要是你一直都在家自學，就沒有參加舞會的機會啦。」

「崔比也可以參加舞會啊。」

媽媽擺擺手，沒把我的回應當一回事。

「跟你們說，崔比都在聽龐克樂團。」我說：「她爸以前還組過龐克樂團呢。」

「羅伯特？」爸爸說：「可是他看起來很正常啊。」

「我不知道只有不正常的人才可以玩龐克樂團。」

爸爸皺皺鼻子。「不是啦，我的意思是他看起來很……你知道的，很普通。」

媽媽翻翻白眼。「班，你真的有夠遜。」

「我才不遜。我只是以為玩龐克的人身上會有一堆刺青、耳洞什麼的，還穿破洞的衣服，說不定會理個龐克頭。羅伯特的髮型超普通的。」他挑眉，「我還看過他穿Polo衫。」

「龐克的精髓是一個人的內在，不是外表。」我說。

「喔，我喜歡這個概念。」媽媽說：「我想我也該來聽聽龐克音樂了。」

「我放給你聽。我找到一堆超讚的團。」

「酷。」媽媽興奮的雙手一拍，「我們要一起當龐克樂團的粉絲。」

爸爸匪夷所思的看了媽媽一眼。「蘿拉，我覺得你可能不會喜歡龐克搖滾。」

媽媽按著桌子，狠狠瞪著爸爸。「你最好想清楚再開口喔。」

他哼笑一聲。「你的最愛歌單上還有泰勒絲呢。」

「泰勒絲有什麼問題嗎？」媽媽大叫。

「沒事，只是我相信她跟龐克搖滾有一段距離。」

接下來爸爸提到媽媽的歌單上還有小賈斯汀，我決定在討論白熱化前改變話題。

「跟你們說，我認為喬瑟芬可能隱瞞了關於我爸爸的情報。」

「你的親生爸爸？」媽媽問。

我用腳趾拎起雞翅，咬了一口。「對。只要我問起這件事，她就超級言詞閃爍。」

爸爸盯著我看。「你一直在問喬瑟芬關於他的事情嗎？」

我聳聳肩。「就稍微問一下嘛。」

「親愛的，你想知道什麼？」媽媽問。

「全部。我對他一無所知。」

「喬瑟芬什麼都不說？」爸爸低頭看著盤子，把雞腿肉推來推去。

「她說她什麼都不知道，可是我不確定她說的是不是真話。每次我問起他，她的眼神就會亂飄。」

「眼神亂飄嗎？」媽媽說。

我放下雞翅，挺起上身。「對，就像這樣。」我轉動眼珠，視線飄向房間各處。

「好吧，我不知道為什麼她要騙你。」媽媽說：「如果她說什麼都不知道，那我相信她真的不知道。」

「說不定她是想保護我。」

「為什麼？」爸爸問。

「說不定我親生爸爸是很糟糕的人。」

「不可能。」媽媽說：「很糟糕的人才生不出我家的寶貝。」

「說不定他做過什麼很壞的事情。比如說動物安樂死專員之類的。」

「應該沒有這種工作吧。」爸爸說。

我對他們瞇細雙眼。「說不定他是政客。」

媽媽咧嘴一笑。「這還真是不得了的消息，不過我不認為他是政客。說不定他很酷，說不定他在玩龐克樂團。」

「那還滿酷的。」

「你為什麼突然對你親生爸爸這麼感興趣？」媽媽問。

「就好奇啊。」

「我們知道好奇心有什麼威力。」

「會殺死貓。」

「才不是。」媽媽說：「那是大腦充滿能量的跡象。」

我笑了。「誰說的？」

「科學家。」

第十八章

你心裡有沒有數
並不是我不在乎
我會對你氣噗噗
是因為我太在乎

——「惡魔島之子」

「我要宣布一件大事。」我對錫安開口，把書包丟到餐廳桌上。

他瞪大雙眼。「什麼？」

「崔比想跟我們一起去返校舞會。」

錫安猛搖頭。「不可能！真的嗎？不可能！」

「沒有不可能。」我從包包背帶裡鑽出來，「也就是說我們都要去了。耶呼。」我坐下來，觀察整個餐廳好一會。

「別在意他們。」錫安說：「連他們那桌都別多看。」

我專心看著錫安，像是周圍布滿地雷似的，只要視線離開他一秒鐘，我就會引爆炸彈，紅色頭髮噴得四處都是，然後消失在空氣中。「才不會，我才不要看他們。他們在看我嗎？」

「沒有。」

「你在騙我嗎？」

「沒有。」

「我要回頭確認他們是不是在看我嗎？」

「不用。」

我逼自己移開視線，起身用腳往包包裡翻找午餐。「他們在看我嗎？」

「沒有，艾玟。你一定要忘記他們。」

我重重嘆息。「我會啦。」

「他們不值得你放心上。」

「我知道。」我暫時放棄尋找午餐，癱坐在椅子上。

錫安皺眉。「你上一堂馬術課進度如何？」我知道他是想引開我的注意，不讓我繼續想著約書亞跟他的朋友。

我望向旁邊的窗戶。「嗯哼。」

「你跳了嗎?」

「嗯哼。」

「你怎麼還沒跳起來?」

我的視線從晴朗的窗外風景移回錫安身上。「說什麼蠢話?我抓不住,肯定會摔下來。」我翻翻白眼。

錫安雙手抱在胸前。「蠢話?」

「你想在沒有綁安全帶的情況下坐雲霄飛車嗎?」

「這個比喻不太對。」

「你敢在沒有降落傘的情況下跳傘嗎?」

「更糟。」錫安說:「越來越牽強了。放膽跳就是了,不要像個膽小貓。」

「沒有人說膽小貓啦。」

「我剛才就說了。」

我氣呼呼的起身,又往書包裡狠狠翻了一陣,總算在底下找到蛋白質能量棒,全被壓碎了。我坐下來,用腳趾頭撕開包裝,可是包裝袋破得太快,小碎片撒了滿桌,我疲憊的用力嘆氣。

我低頭看著滿桌滿地的能量棒碎屑。「我不能再這樣下去了。」

「我去幫你買午餐。」

「不是這個意思。我不認為我有辦法在高中待下去。」

「你一定做得到。不過聽我的忠告肯定能讓你的人生輕鬆許多。」

「對啦！」我提高音量，「我早就該聽你的話！」

錫安雙手抱胸。「嗯哼。」

「你知道怎樣才能讓人生更輕鬆嗎？只要我媽讓我在家自學就好，這樣我就可以過著自在優雅的人生。」

錫安舉起一隻手。「哇，等等。你要你媽讓你在家自學？」

我點頭。

「你怎麼沒先問過我？」

「問你什麼？」

「問我覺得好不好？」錫安尖叫，「你竟然想跳過我，做出這個決定！也沒什麼好意外的，你根本不在乎我說的任何一句話。」

我陷入椅子深處。

「真不敢相信你竟然打算拋棄我，讓我獨自面對高中。」

「我沒想過——」

「對，你完全沒想過。」錫安把午餐塞回背包裡，站了起來，「你只想著你自己。」說完便氣沖沖的離開。

「喂！」我對著錫安的背影大叫，但他沒有理會，就這樣走出餐廳。

他說得對。自從開始了愚蠢的高中生活後，我心裡只想著我自己，而且大多是壞事，我不知道要如何改變思路。

放學後，我爬上球場看臺，發現錫安自己一個人坐在那裡看藍道練球。我在朋友身旁坐下。「對不起。」

錫安沒有看我。

「我應該相信你對約書亞的評價。相信我，我清楚得很，請別再為了這件事生我的氣。」

他總算看向我。「我不是——」

「你是。我現在懂了。當時我沒有顧慮你的感受，關於在家自學的事情也一樣，我沒有想過會對你造成什麼影響。你說得對，我一直只想到我自己，可是我沒想過要拋棄你，我們要一起度過這個難關。」

錫安的表情終於放鬆了些，嘴角稍稍勾起。

「一定可以的。」我說：「我們要聯手砍了這個名為高中的噁心怪獸。」

錫安點頭。「好。」

我往下一看，正巧看到藍道從約書亞身旁走向球場，狠狠瞪了他一眼。「想看藍道踢球就要連約書亞一起看，爛死了。」

「還用你說嗎？」

「那傢伙爛到極點。」

「全世界最爛的爛貨。」錫安說：「他不值得我們浪費時間。」

「他甚至不值得我們浪費口水。」

我跟錫安相視微笑。「我還是要替動漫展找衣服。」我說：「只剩一點時間了。」

「你沒有變裝也沒關係啊。」

「我才不想當全場唯一的路人，我一定能找到靈感。」

「一定是很棒的構想。」

我看著約書亞走向藍道，對他說了些話，真想聽聽他們說什麼。藍道丟下水瓶，朝約書亞逼近，回了幾句話，但看起來不太開心。教練吹了哨子，衝向兩人。

錫安跳起來。「糟了。」

我跟著站起身。「發生了什麼事？」

「不知道。」

回家路上我們沒辦法問藍道究竟是怎麼一回事，因為我們不想在他媽媽面前洩密。我跟錫安靜靜坐在後座，直到抵達他們家。

我很喜歡錫安家。他們家牆上沒有無聊的藝術畫作，全是超酷的裱框電影海報和全家一起完成的拼圖，電話鈴聲是帝國進行曲，拍手就能控制檯燈開關。相信我，踩腳比轉動討厭的小旋鈕簡單多了。

我跟錫安來到他房間，讓我教他彈吉他。他媽媽之前送他一把吉他當生日禮物，他進步得很快。

我用腳趾指向琴頸某處。「這裡。你的手指放這邊。」我們正在練習幾首以基礎和弦構成的歌曲。今天的課題是湯姆．佩蒂的〈自由墜落〉，感覺是幾百萬年前的老歌，不過還滿簡單的。

錫安彈出幾個和弦。「很好。」我說：「現在手指換到這邊。」我又指向琴頸的另一個區塊。

錫安的媽媽打開門，探頭進來。「錫安，寶貝？借一下你的頭。我不確定這個面罩的尺寸對不對。」

錫安咕噥幾聲，爬起來讓他媽媽測量頭圍。我把吉他移到腳下，撥出剛才教錫安的和弦，輕聲唱出歌詞，真希望在高中存活就跟學會新的吉他曲子一樣輕鬆。真希望能找到詳細的指南，或是YouTube影片，仔細教會我每一個步驟。

門外傳來一陣動靜，我暫停彈奏抬起頭，剛好逮到藍道迅速離開的背影。

我臉頰一熱，雖然在藝術節上表演過，但我還是不習慣在其他人面前彈吉他，也一點都不喜歡在其他人面前唱歌，被他撞見讓我超級難為情。

錫安回到房間，坐到床上，抱起吉他，擱在大腿上。「是什麼面罩？」我問。

「她要幫我特製蝙蝠俠面罩。」

「酷耶，你不是已經有一個蝙蝠俠面罩了？」

「對，但這次她要幫我特製。」

我瞄了敞開的房門一眼。「藍道在幹麼？」

錫安聳聳肩。「不知道，大概跟平常一樣和朋友聊天吧。」

我們一路練到錫安的媽媽來跟我們說該吃「晚餐」了，我又一次希望自己有雙手比出雙引號，強調在錫安家裡吃的東西稱為「晚餐」。這麼想是有原因的，錫安一家人老是吃一堆開胃菜跟零嘴，我覺得超棒，很喜歡在他們家吃飯。

我坐在餐桌旁，今晚的菜色是一盤魔鬼蛋、紅蘿蔔沙拉、一大盆爆米花、哈密瓜切片，還有一碗綜合堅果。

「又是前菜拼盤喔？」錫安在我隔壁坐定抱怨。

「你也知道我一定要完成死星十字繡。」希爾太太說：「根本沒時間做菜。」

藍道笑著說：「媽，你從以前到現在都沒時間做菜。」

「因為我有許多更美好的事情要做，你們幾個男生也沒來幫我弄個燉牛肉啊。」她的視線掃過他們，最後停在希爾先生身上。

希爾先生清清喉嚨。「球隊如何啊？」他向藍道拋出問題，往嘴裡丟了顆杏仁。

希爾先生總是穿著印了超酷的黑暗系漫畫角色T恤。他說那些角色需要支持。今天的T恤主題是黑閃電。

藍道聳聳肩。「一切順利。球場還是比餅乾還熱。」

我哼笑一聲說：「剛出烤爐的餅乾。」藍道笑了笑，撈了一把爆米花塞進嘴裡。

希爾先生的注意力轉到我這邊。「艾玟，你選好週末的衣服了嗎？」最近我發覺希爾先生非常認真看待扮裝這件事。

我的腳趾沾滿惡魔蛋上頭搗碎的蛋黃，令我皺起眉頭，應該要乖乖吃紅蘿蔔才對。「還沒。」

「還沒！」希爾先生大叫，看來我的回應讓他焦慮極了。

「爸。」錫安語帶懇求。

「希爾先生，你這次要扮成什麼？」我試著轉移焦點。

他指著T恤上的黑閃電，笑著說：「你覺得如何？」

「太酷了。」

希爾太太啃著哈密瓜，露出調皮的笑容。「我要保密到最後。」

「真是等不及了。」我望向藍道，「你呢？」

「我的也是驚喜。」他說。

「你們一家還真多祕密。」

「我們喜歡驚喜。」希爾太太說，「艾玟，你不喜歡收到驚喜嗎？」

「還好耶。」

趁著錫安幫爸媽收拾餐桌的空檔，我問藍道：「你剛才有來偷看我嗎？」

藍道吞下一大口紅蘿蔔。「偷看你？」

「剛才。我在彈吉他的時候。」

「喔，不是偷看啦。我聽到吉他聲，以為是錫安，想說他好像有點進步了嘛。」

錫安跑過來，從背後抱住藍道的頭，像是要使出摔角招式似的。藍道往後摔下椅子，兩人奮力扭打，想把對方壓在地上。

「這樣會受傷喔。」希爾太太嘴上這麼說，看起來卻不怎麼擔心，把碗盤放進洗碗機的動作沒有停過。

藍道拿惡魔蛋往錫安耳朵塞，錫安放聲慘叫，跳起來把盆裡剩下的爆米花扣在藍道頭上，我哈哈大笑。

「真是一團亂。」希爾太太喃喃唸著。突然間，我好想有個兄弟姊妹，讓我把惡魔蛋塞進他耳朵裡。

媽媽來接我的時候，藍道跟錫安已經毀了彼此跟廚房。

從錫安家回驛馬道的車程很短，我望向車窗外飛掠而過的路燈。「有時候我很想有個兄弟姊妹。」我說。

我轉頭看媽媽，但她直視正前方，輕聲回應：「是喔？」

「嗯。我的意思是，當個獨生女完全沒問題，只是偶爾我會覺得有兄弟姊妹的話好像也不錯。」我又轉向車窗，「就這樣。」

媽媽很安靜，所以我繼續說下去：「不知道我的親生爸爸有沒有其他小孩。」

媽媽握緊方向盤。「不知道，我想確實有這個可能性。」

「所以說，我可能根本不知道自己有弟弟妹妹。」

媽媽緩緩點頭，清了清喉嚨。「你想查出來嗎？」

我聳聳肩，繼續看著黑漆漆的窗外。「不知道耶，我不知道要從哪裡找起。」媽媽沒有回應，直到回到家都保持沉默，所以我也沒再提起這件事。

一回到家，我坐到電腦前。不能再浪費時間了，我一定要想出穿去動漫展的服裝，我想到藍道曾說可以找到各種類型的漫畫角色。

我戴上耳機，一邊打開「駱馬大遊行」的專輯，一邊上網尋找目標。我靈光一閃，在搜尋網站輸入「沒有手臂的漫畫角色」，然後……

我、的、天。

第十九章

你對自己沒認識
你專橫自恃
是不是？

——「尖叫雪貂」

媽媽熱心的幫我收集製作服裝需要的各種材料，包括一大捆黃色彈性纖維布跟一條黑色萊卡緊身短褲。我穿著超炫的服裝，得意洋洋的前往錫安家，跟他們一起去參加動漫展。我等不及看到他們對我選的角色露出什麼樣的表情，這個角色好像不太有名，不知道他們是否認識。

媽媽送我到錫安家，我輕輕踢了門一腳，希爾太太前來應門，笑得燦爛。她身上穿著綠色彈性纖維（說真的，漫畫角色到底對彈性纖維有什麼執念？），頭戴飄逸的黑色假髮。

「女浩克！」我大叫。

她扛著滿身的泡棉肌肉裝讓到一旁，看見我的服裝，臉上笑容瞬間消散。

我低頭查看身上的緊身衣，生怕自己是不是露出半邊屁股。「怎麼了？」我問。

「沒事。」

「你知道我在扮誰嗎？」

她的眉頭皺得更緊。「大概。」

「有什麼問題嗎？」我跟著她走進起居室，「這套衣服是不是很炫？」

她只回了一聲：「呃——」

錫安穿著量身訂做的蝙蝠俠面罩跟披風，一把扯下面罩。「你是在扮演哪個角色啊？」

我以行雲流水般的動作跳到起居室中央，高聲宣布：「我是無臂虎人！」

「喔。」錫安的反應沒有我想像的熱烈，「都忘記有這個角色了。」

藍道衝進房裡，跳到咖啡桌上，做了幾個姿勢秀出泡棉肌肉裝，讓我們見識這套裝備的彈性有多好。我大笑：「美國隊長。」

「你真聰明。」藍道跳下桌子。

「紅白藍配在一起，額頭上還有個大大的A字，老實說還滿難猜的。」

「我不只是美國隊長。我是初代美國隊長以賽亞．布萊德利。」藍道暫停炫耀他的肌肉裝，上下打量我好一會。「你這是——」話還沒說完，他突然掩嘴偷笑，「天啊。」

「怎麼了？哪裡好笑了？」我學藍道跳上咖啡桌，不過動作沒有他那麼優雅，「我是無臂虎人！厲害吧！」

藍道笑得更厲害了。「艾玟，這真的不是什麼值得得意的事情。」

「你應該要先跟我討論你的計畫。」錫安對我說：「讓我跟你解釋清楚。」

「解釋什麼？我想給你們驚喜啊。忘了嗎？你們家喜歡驚喜。」

「對，我們喜歡好的驚喜。」錫安說。

「我的驚喜哪裡不好了？」

藍道笑到幾乎說不出話，但錫安一臉嚴肅。「你對無臂虎人一無所知，對吧？」

「我知道他沒有手臂，所以他超棒的。他還是超級反派，這樣更棒了。」我環視房裡每一個人，但他們絲毫沒被我說動，「他用腳代替手的能力被列為他的超能力。」我站在桌上，等待他們會意過來，他們還不懂嗎？「也就是說我擁有真正的超能力。」我小聲說。

「親愛的，我喜歡你的超能力。」希爾太太說，「可是你是怎麼找到無臂虎人的呢？」

我聳聳肩。「就在網路上查『沒有手臂的漫畫角色』，不敢相信真的有這樣的角色，運氣超好。」

錫安的媽媽搖搖頭。「喔，親愛的，不，這不能算是幸運。」

「除了他沒有手臂之外，你肯定沒有多看他的人物介紹。」藍道笑到喘不過氣。

「呃，時間不太夠嘛。」

有人敲了門，希爾太太前去應門，康諾穿著一套狗狗裝走進來。「你在扮什麼角色？」

他吠了一聲。「你們猜。」

「超級狗英雄。」希爾太太說。

「不是。」

「鎖齒狗。」希爾太太又猜。

「不是。」

「超能狗。」

「不是。」

「太空狗。」

「不是。」

「狄倫犬。」

「不是。」

「天啊。」我說，「到底有多少狗狗漫畫角色啊？」

「超多的。」希爾太太突然跳起來，「喔！喔！喔！披薩狗『幸運』！」

「對！」康諾說：「我就算吠上一整天，其他人也不會有意見，動漫展一定會超好玩。」然後他看了我好幾眼，「所以你在扮誰？」

我聳聳肩。「不知道為什麼，看到我以無臂虎人的模樣登場，大家都嚇傻了。」

康諾瞪大雙眼。「真的有這個角色喔？」

「是啊，很神奇吧？」

「你來一下。」藍道帶我來到一個房間，房內的書架從地板延伸到天花板，每一格都塞滿漫畫書。

「哇，酷耶！」我的視線掃過滿牆的漫畫，藍道在旁邊的小書桌上翻閱一本冊子，「那是什麼？」

藍道脫下美國隊長面罩，放到一旁。「我爸媽把所有的漫畫都分類好，寫成目錄，方便大家找書。」

我停在一個玻璃櫃前。「這些呢？」

「那些是最有價值的收藏，其中一本可以賣到一萬元。」

「真的？」

「找到了。」藍道的拇指滑過一排漫畫，抽出其中一本翻了幾頁，攤在我面前的地上，「你看這裡。」

我坐下來閱讀內容，用腳趾頭翻頁。「嗯，無臂虎人是食人族？」

藍道勾起嘴角。「還不只這個。」

我又翻了一頁。「天啊！他還是納粹！」我繼續翻了幾頁，「我是吃人的納粹！」我尖叫。

藍道笑得抱著肚子，直不起腰，等他終於緩過氣後說：「你應該要研究得更澈底。」

我躺在地毯上，漫畫還壓在我腳下。「我選了最爛的漫畫角色。」

「還有更爛的啦。」

我仰望天花板。「比如說？」

「紅蜂養了一隻訓練過的大黃蜂。」

「訓練過的大黃蜂感覺很讚啊。」

「萬能美元是會計師，會從手中射出錢幣。」

「我也想這樣，我一直都很窮。」

「彈跳男孩會像彈力球一樣膨脹，到處彈跳。」

「一定很好玩。」

「海象人的超能力之一是迅速破解填字遊戲。」

「很好啊，我超不會玩填字遊戲。」

「石棉淑女的英雄裝真的是用石棉做的。」

「為什麼？」

「因為可以防火。」

「是啦，這個還滿遜的，但還是沒有無臂虎人糟糕。」

「焊狗俠會把狗焊接到別人臉上。」

我笑著坐起來。「這個是你編的吧。」

藍道搖頭。「沒有，我可以找出來給你看。」他又查了一下目錄，遞了一本漫畫給我，放在我面前。我們一起看著焊狗俠的可笑行徑，笑個不停。

「喔，還有冰淇淋俠。」

「冰淇淋？」

「對。」

「是喔，他喜歡吃冰淇淋嗎？」

「不是啦，他可以隨意把自己變成各種口味的冰淇淋。」

「這種超能力有什麼用？我不懂。」

「確實很怪。」

「不過他還是比無臂虎人好上一百倍。如果我是他，就可以瞬間把自己變成薄荷脆片冰淇淋，把自己吃得一乾二淨，就不用面對蠢到扮演無臂虎人的自己。」

我們在地毯上坐了一會。我抬起頭，發現藍道正盯著我看，神情認真，我把視線移回漫畫上。「真不敢相信有那麼多漫畫角色，都是誰想出來的啊？」

藍道合上焊狗俠出場的漫畫，放回原本的位置。「一大堆作家跟畫家。」

「你怎麼知道這麼多事情？」

藍道朝四周擺擺手。「你不知道自己在什麼地方嗎？」

「這些漫畫你都看過了？」

「還沒看完。我還滿喜歡研究各式各樣的角色，思考編出這些怪東西的人到底在想什麼，而且我也喜歡那些圖。」

「你也應該畫漫畫。」

藍道笑了笑。「我已經在畫了。」

「真的？可以給我看嗎？」

他聳聳肩，戴回美國隊長面罩。「或許有一天吧，現在還沒完成。」

我站起來。「好吧。」

「喔對，關於無臂虎人，我有件事忘記跟你說了。」

「什麼？等等，別說，我不能承受更多負面消息了。是什麼？」

他隔著面罩，對我瞇細雙眼。「無臂虎人跟美國隊長是死敵。」

「這還用說嗎？」我大聲嚷嚷，「美國隊長是偉大的英雄，無臂虎人是噁心的納粹。」

這時希爾太太走了進來。「艾玟甜心，跟我來一下。」

我跟她沿著走廊來到一個大櫥櫃前，她打開櫃門。

「哇塞。」我忍不住驚嘆，櫃子裡塞滿大概一百套服裝。

「我們一定可以用這裡的東西做出新衣服。」希爾太太調整一下假髮，眼神堅決，又抓抓塗成綠色的下巴。「你在研究過程中有沒有查到無臂大師的資料？」她一邊問著，一邊抽出一條綠色披風。

「沒有，我只看到無臂虎人。」

她又抽出一套肉色泡棉肌肉裝。「只要把洛基的披風跟這個相撲裝組合起來……」

「相撲裝？」

她擺擺手。「別問，就是實驗出了點問題。」她把斗篷披在我肩上，「很好，我想你可以扮演無臂大師，他是個狠角色。」

我對她微笑，嘴角卻止不住顫抖，淚水湧入眼眶。「喔，親愛的。」希爾太太抱住我，把我按進她裝了厚厚泡棉的胸口，「沒事的。」

「對不起。」我對著泡棉啜泣，「真不敢相信我竟然這麼蠢，我不是故意要扮成納粹的。」

她摸摸我的頭。「你當然不是故意的，沒有人這麼想。艾玟，你一點都不蠢。」

「才怪。」我推開她，「我發誓我一點都不喜歡納粹。」我嗚咽著說，淚水流了滿臉，「我恨死他們了。真的、真的恨死他們了。」

希爾太太雙手按著我的肩膀，輕輕握了握。「我真的、真的知道你沒有說謊。」她笑著幫我擦擦臉，「親愛的，你好點了嗎？」

我吸吸鼻子。「等一下就好了。」

希爾太太點點頭，拎起肉色泡棉肌肉裝，在我身上比劃。「我看看……這個要稍微修改一下，沒辦法做到最好，不過很快就能完成。」

第二十章

所有憤怒
所有懼怕
噴湧而出
你會聽清楚

——「惡魔島之子」

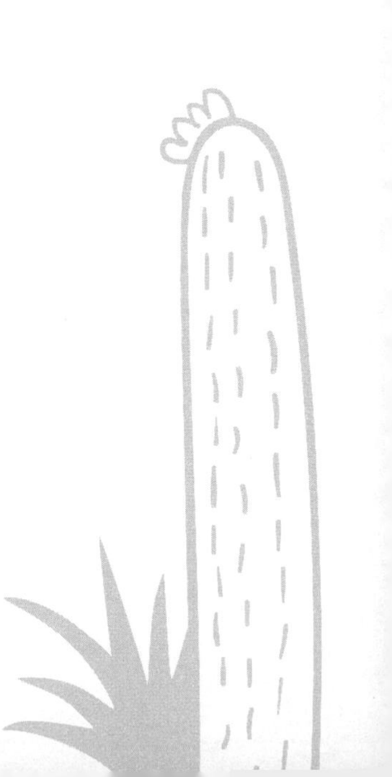

在希爾太太的巧手之下，我的服裝及時完成，看起來完美極了，只是我不敢確定其他人是否知道我在扮誰。希爾先生要大家上車，他已經換好他的黑閃電英雄裝，胸口鑲著真的會發光的藍色閃電。

「你也可以讓她扮斷臂俠啊，效果一定很好。」

我愣愣看著照後鏡中的希爾先生。「斷臂俠？你在開玩笑吧？」

「沒有這個角色吧？」康諾說：「不過我原本也沒想過有無臂虎人或是無臂大師的存在。」

「斷臂俠太複雜了。」希爾太太回應：「我應該沒辦法在這麼短的時間內湊出來。」

「也是，那套真的不能用湊的。沒辦法讓艾玟像斷臂俠那樣扯下自己的手臂。」希爾先生自顧自的對照後鏡中的乘客咧嘴一笑。

我們有些哭笑不得。「可能明年吧。」我含糊回應。

「天啊！」打扮成小丑的年輕人從我和藍道身旁走過，開口大喊：「無臂大師！太狂了吧！」

等到小丑走遠，我對藍道笑了笑。康諾跟錫安已經迷失在電玩展示區，希爾先生跟希爾太太跑去參加漫畫中的多元交織女性主義的論壇。「原來真的有人認得出來耶。」

「是啊，大家一定會對你印象深刻。」藍道笑著說。

「哇塞！」一名風暴兵停在我面前，「你是無臂大師嗎？」他的聲音從頭盔下冒出來。

「對。」

「你是怎麼弄得這麼逼真？」風暴兵在我身旁打轉，「你怎麼有辦法把手藏得這麼好？」

「鏈鋸。」我說。

他愣在原地好一會才擠出一個「呃？」

「我很重視動漫展。」

「什麼？」

「我超級融入角色。」

風暴兵退開幾步。「我差點就要信了。」

風暴兵離開後，藍道笑出聲來，我好像對那人造成心靈陰影了，有點愧疚，因此接下來有人問我是怎麼把手藏起來的時候，我說這是電腦合成的。

「動漫展太讚了。」我東張西望，打量滿場的動漫宅，真希望每一個地方都像這樣，不過味道要是好一點就好了。

兩個跟我年紀差不多的男生經過我們身旁，分別打扮成金剛狼跟獨眼龍，金剛狼露出「我忍不住盯著你看，因為你是怪胎」的驚恐眼神。

我迎上他的目光。「金剛狼，你在看什麼？」

在動漫展上扮演成漫畫角色或許給了我勇氣，讓我比平常還要勇敢，彷彿成了另一個人。

我最討厭被人用這種眼光注視。

「沒事。」金剛狼帶著獨眼龍離開，不過我聽到他對朋友說：「太噁了吧。」

我心臟狂跳，過去幾個星期累積的怒氣一觸即發，然後它真的爆發了。「你知道什麼才叫做噁嗎？」我大步跟上那兩個X戰警，「滿身汗漬的金剛狼！」

那兩人轉過身。「啊？」金剛狼說。

「對，阿宅，你沒聽錯！」我提高音量，周圍幾個人停下腳步轉頭看我們，「金剛狼才不是滿身大汗的阿宅，還留著捲髮！金剛狼不可能一頭捲髮！」

幾個人笑出聲來，我感覺到藍道勾住我的腰把我往後拉。金剛狼氣得臉龐扭曲。

「這是自然捲！」他尖叫：「自然捲！天生的！」

「是啊，我敢說你的汗漬也是天生的！」藍道在我背後憋笑，但還是努力拉著我。

「外面超過一百度！」金剛狼向我揮舞他的橡膠爪子。

「無臂大師，你幹麼找碴？」獨眼龍問：「要去外面打嗎？」

我在藍道懷裡掙扎。「好！我怕你們喔？看我一次打兩個！你們不知道我是誰嗎？我要用功夫打倒你們！」

周遭群眾大聲鼓譟：「無臂大師！無臂大師！」

錫安跟康諾跑了過來，慌張的瞪大眼睛。「艾玟，你會害我們惹上麻煩。」藍道說。

我挺起胸膛，跟他們一起離開。「今天最好誰都別來惹我。」

「我想其他人也沒膽子惹你了。」藍道喃喃說道，然後笑著搖搖頭，跑去看哈利波特展區。

「真不敢相信你做出這種事。」錫安罵了我一句，追上他的哥哥，看來他們都想跟我保持距離。

我轉向康諾。「你也有話要說嗎？說啊！」

康諾吠了聲，彈了下舌頭，眨眨眼，顯然我對他造成極大的壓力，讓我心裡有點難受。「艾玟，你這麼需要學習憤怒管理技巧嗎？你到底是怎麼了？」

「是那些人先亂說話的。」

「隨時都有人亂說話，你平常反應不會這麼大。」

「對，我今天就是沒辦法忍下去。」

「為什麼？」

「就是沒辦法。」

康諾看著我，聳聳肩。「你這幾個星期好怪。不回我電話，在一起也總是悶悶的——」

「喂！」

「現在還在動漫展失控。」

我深呼吸，用意志力讓情緒降溫。「抱歉，我最近過得不太好。」

「怎麼說？」

「都是學校的錯。高中爛死了，開學以來我甚至還沒交到半個朋友。」

「也才幾個星期，而且你還有錫安啊。」

「我就想要更多朋友，這樣會太過分嗎？」

「藍道不也是你朋友？」

我瞄了藍道一眼。「嗯，大概吧。可是不一樣。他在學校也是跟其他人一起行動，而且他很酷。」

「你就不酷了？」

我哼了聲。「一點都不酷。」

「那又如何？」我還來不及回答，康諾又接著說：「你知道的，我也很遜，錫安也很遜，我們都很遜。可是你知道嗎？我不在意這個事實，你不也是這樣嗎？」

「如果其他人把我當垃圾看待，我怎麼能不在意？」

「誰把你當垃圾看待？」

我低頭盯著黃色夾腳拖。

「原來如此，又是祕密。」

錫安跟藍道回到我們身旁，藍道對著我的腦袋揮舞魔杖，點了點我蓬亂的紅髮。

「速速冷靜！」他咧嘴一笑。

「我很冷靜。」我說：「不會害大家惹上麻煩的。」

「不過你真的超狠。」藍道說：「那兩個人看起來嚇得半死。」

「不是我自誇，我生起氣來誰都會怕。」

「是真的很可怕。」錫安說：「真的。」

「沒錯，我真的有辦法踢爛你的屁股。」

兄弟倆又往哈利波特展區走，錫安戒備的回頭看我，藍道轉頭無聲的說出「好可怕」，對我笑了笑。我也跟著笑了，對他搖搖頭。

我一回頭，發現康諾盯著我看。「你喜歡他。」

「什麼？喜歡誰？」

「藍道。」

「廢話，我當然喜歡他，他是錫安的哥哥啊。」

「不是那種喜歡，我是說真正的喜歡。」

「什麼？才沒有。」我的臉頰燙得像是要融化，不知道是因為剛才跟金剛狼吵了一架，還是為了康諾的評論。

康諾聳聳肩。「我沒別的意思，你要是真的喜歡他也沒關係，我能理解。」可是康諾沒有對上我的視線，而是看著地面，把玩身上的狗毛，嘴上嘖了幾聲。

「我真的沒有喜歡他。」我說：「至少不是像你喜歡亞曼達那樣的喜歡。」話才說出口，我馬上就後悔了。

康諾抬頭看我。「什麼？」

「沒事。」

「我對她沒有那種感情，她只是朋友。」

「我沒有像那樣喜歡任何人，以後也不會。」

康諾皺眉。「為什麼？」

「因為不會有人像那樣喜歡我。」

康諾張開嘴，似乎是想說些什麼，但我轉過身，在他看見我眼中淚水前擠過打扮成各種角色的人群。

第二十一章

人生很難
也很難公平

——「駱馬大遊行」

「不敢相信我們真的要去參加返校舞會。」錫安垂頭喪氣的咬了口三明治，發出呻吟似的聲音。

「我也不敢相信。」我把包包甩到桌上，從背帶裡鑽出來，整個人塞進椅子裡，「之前我提過了……」我湊上前，小聲說：「YMCA。」

我往藍道那桌瞄了一眼，發現他被什麼事情逗得哈哈大笑。不知道為什麼，我留意到他跟珍妮莎沒有坐在一起，康諾的字句在我腦中迴盪：你喜歡他。你喜歡他。藍道朝我們這桌看過來，對我揮揮手，我迅速別過頭。

「動漫展真的很好玩。」我若無其事的開口。

「是啊，還不錯。」

「我明年一定要再去。」

「前提是你別再找人麻煩。」

「我才沒有找人麻煩。」我抬頭挺胸，「我出手解決了麻煩事。」

「是喔，就怕你最後被送進牢裡。」

我哼了一聲。「你太誇張了。」過了幾秒我又問：「要是我去坐牢，你想他們要怎麼採集我的指紋啊？」

「我猜他們會用你的腳趾。」

「酷耶，那我有點期待坐牢了。」

我打開書包，抽出我的蝴蝶餅，才往嘴裡丟了一顆，背後就響起裝模作樣的嗓音。「肥安，替我們留點吃的啊。」

錫安垂眼盯著自己的三明治，縮回殼裡。約書亞又使出老招數，以惡劣的言詞控制錫安，真想知道錫安對自己體重的自卑和不安究竟有多少是源自於約書亞，憤怒令我心跳加速。

「艾玟，你就是喜歡這種用手捏著吃的零嘴，對吧？」約書亞繼續說：「還是該說用腳捏著吃？」

我要任由他對我施展同樣的控制力嗎？

我猛然轉身面對他。「我確實喜歡用腳揑著吃的東西，就跟你喜歡用屁股吃東西一樣。」

「你在說什麼蠢話。」

「有一半大腦的人都這麼幹。」

「有一半身體的人顯然也是。」約書亞被自己的爛笑話逗得哈哈大笑。我狠狠瞪著他，看他回到同桌的朋友身旁，命令眼睛把淚水吸回去。

我回過頭，癱在椅子上。

「你說得對。」錫安說。

「哪裡對？」

「我們應該要去外面吃午餐。」

我搖搖頭。「我才不要被那傢伙打倒。」我靠向桌面，「你也不能被他打倒。我們完全不該在乎他說的或是做的任何一件事。」

但我知道錫安很在乎。即便我再三否認，其實我也在乎。這時有個學生衝進餐廳，大叫：「下雨了！」周圍立刻陷入混亂，我跟錫安卻還是坐在原處，難過的互看。所有人爭先恐後往外衝，尖叫笑鬧，急著用臉接住清涼的沙漠之雨。

而我跟錫安只顧著專心度過午休時段。

那場小雨讓空氣涼爽幾個小時，放學後我穿過驛馬道園區，周遭飄散著宜人的氣味，雨後的沙漠擁有獨特的氣息，可惜溼度隨之提高，讓我覺得衣服都黏在身上。

我來到動物互動區的遮陽棚下，坐在義大利麵身旁，用腳搓揉牠柔軟的皮毛，但牠幾乎認不得我了。「牠還是很沒精神耶。」我問丹妮絲：「牠最近有吃東西嗎？」

「一點點。」丹妮絲拿水管往動物的水槽裡補水，「外頭熱得要命，真希望雨可以多下一會，誰有辦法在這樣悶熱的天氣裡精神百倍呢？」

我聳聳肩。我得承認連我也不太有精神，好想爬上床鋪，睡過接下來四年。

「真想當駱馬。」我對丹妮絲說：「這樣就可以住在動物互動區，什麼都不用擔心了。」

「可是如果你不是住在動物互動區呢？那你要擔心的事情可多著呢。」

「比如說？」

「比如說被山獅吃掉。」

「所以我才要當動物互動區的駱馬，牠們可以悠閒度日。」

我的生涯選擇變多了：隱士、駱馬。

丹妮絲笑了笑。「或許吧。不過我是覺得有點無聊啦。」

我看到崔比經過，大喊：「崔比！」但她似乎沒有聽到。

「崔比！」我再次呼喚，「崔比！」

她總算轉過頭，揮揮手，拔下耳機。她走進動物互動區，坐在我跟義大利麵身旁的沙土地上。「你一定要聽聽這個我最近找到的新樂團。」她說：「團名是『我們是圖書館員』。」她笑了幾聲，「不覺得很酷嗎？」

我勾起嘴角，讓她把耳機塞進我的耳朵，努力不去想著我們的耳屎混在一起。我用一邊耳朵聽著「我們是圖書館員」的歌，另一邊耳朵則是聽崔比訴說能跟我和錫安去返校舞會，她有多興奮。她邊說邊摸遍了義大利麵全身，如果有人能給牠補充一點元氣，那個人應該就是崔比了吧，可惜牠依舊死氣沉沉趴在原地。

「我該回去了。」崔比說：「我只是出來享受下雨的香味。」

「我陪你。」

半路上，我跟崔比說我爸不相信她爸曾經玩過龐克樂團，因為他穿Polo衫，她覺得這個標準太過荒謬。「他們偶爾還是會聚一聚，一起練歌。跟你說，我認為這種事情是關不掉的。」

「什麼關不掉？」

「對於演奏音樂的愛。我想就算等到我爸變成老爺爺，他還是會繼續搖滾下去。」

「你有沒有想過自己組樂團？」

她停下腳步，雙手抓住我的肩膀，像是要說出最嚴肅的宣言。「一直都在想。」

我有些難為情的低頭看著自己的腳。「我……那個，我會彈一點吉他。」

「什麼？」崔比對著我的臉尖叫，「我怎麼到現在才知道？艾玟，我們一定要組團。現在馬上。」

「我想我沒辦法。」我繼續盯著地面，「我不能在其他人面前表演。」

「為什麼？」

我抬頭看她。「我想低調一些。」

崔比皺眉。「我覺得現在該是你高調的時候了。」

我笑了笑。「我會考慮看看。」

崔比仰頭咕噥。「老天，每次聽到這句話就知道是不要。比如說我問爸媽可不可以開一間流浪雞收容所，他們老是說『我們會考慮看看』，我現在開了流浪雞收容所了嗎？」她雙手環抱胸前，「沒有。」

「你是不是對雞特別有感情啊？」

「你有沒有看過雞穿褲子？」

我笑出聲來。「沒有。」

崔比雙眼一瞇。「我強烈建議驛馬道讓動物互動區裡所有的雞都穿上褲子，我敢說遊客肯定會增加……」她抓抓下巴，「至少兩成。」

我又笑了。「我會跟我爸媽提這件事。」

送崔比到果昔店之後，我跑去看辣椒。一走進馬廄，牠就把頭垂到我腳邊。「聰明的孩子。」我輕聲稱讚，脫下夾腳拖，揉揉牠的腦袋，接著我整個人貼上牠的側腹，感受牠的呼吸起伏。「我們得要找出最好的合作方式，我知道我是不太一樣的騎士，可是我們一定要克服所有的難關。我不想放棄你。」我站直身體，「我也不希望你放棄我。」

對於馬術秀，辣椒完全不像我這麼緊張，真希望能夠如此無憂無慮，當一匹馬肯定是很棒的體驗。

我決定去探望亨利。我腦中不斷想著他在孤兒院中長大的過往，還有他描述那些修女拿掃把打他，這些往事讓我難受極了，真想知道他小時候是什麼樣子。現在的他很老了，難以想像他以前是哪種類型的小孩，我的腦海中浮現三呎高的亨利，卻滿臉皺紋，一頭白髮。

走進冰淇淋店時，亨利在櫃臺跟一名女士說話。我坐在店內桌邊，看他賣給那個女士鹹水太妃糖，然後她走出店外。

亨利看到我，馬上笑開了臉。「嗨，艾玟。」

「嗨，亨利。」

「要來點冰淇淋嗎？」

我站起來，走到櫃臺前。「可以來一球薄荷脆片嗎？」就算他挖錯了，今天我也不在意。

他點點頭，抓起冰淇淋杓。我看著他努力挖起冰淇淋，卻似乎沒有足夠的力氣完成這件事。還來不及把冰淇淋放進碗裡，他一個失手，整球冰淇淋掉在地上，他轉身拿了塊抹布，我看到他的手抖個不停。

我走進櫃臺。「亨利，你去坐一下，我來清就好。」

他點點頭，搖搖晃晃走出店外，我突然擔心他會不會漫無目的遊蕩失蹤，聽說記憶力有問題的老人會跑到外面去，就這樣迷路了，不過他乖乖坐進其中一張搖椅。

我清掉地板上的冰淇淋，把抹布丟進水槽，也跟著踏出店外，在亨利隔壁坐下。「你還好嗎？」

他點點頭。「我累了。」他輕輕搖著椅子，「真的很累了。」

他默默搖晃，直到我開口問：「亨利，你當孤兒多久了？」

他望著園區。「一輩子都是。」

「沒有人領養你嗎？」

他揉揉布滿皺紋的額頭，長了老人斑的手抓抓頭髮。「沒有。我想我沒有你那麼幸運。」

我笑了，慶幸他還記得我是誰，雖然天色已經漸漸暗下。

「你在哪裡長大？」

「當然是在某間孤兒院嘍，當時我們一定要進孤兒院。那是……很久很久以前的事情了，我在三〇年代出生，遇上了經濟大蕭條，很多小孩子都進了孤兒院。」

「你的孤兒院在哪？」

「應該是芝加哥。」

「就是你提過的天使守護者孤兒院嗎？」

「對，就是那間。還有其他的。」

「所以你是在芝加哥出生？」

「不知道，我到處搬來搬去，不確定。以前我曾想過要申請我的出生證明文件，可是沒有人能幫我找到。」

「你完全不記得自己曾經有過親人？」

「嗯，一定是因為我進孤兒院的時候年紀太小，什麼都不記得了。我甚至不知道我父母出了什麼事。」

「那你可能有兄弟姊妹嘍。」我幾乎是在自言自語。

亨利聳聳肩。「或許吧。不過已經太久了，我完全不知道要怎麼找到他們，說不定他們都死了。」他揉揉額頭，「我不想再談這件事了。」

「好吧。」

那天晚上，我上網查詢三〇年代芝加哥的孤兒院紀錄，但很難找到更詳細的資訊。四〇年代有數千名孩童進了孤兒院，光是天使守護者就收容過一千兩百人。

不過我找到很多人在各個討論區尋找他們的紀錄：想要知道自己是誰、從哪裡來、有沒有其他親人。很多人在找他們被迫分離的兄弟姊妹：一名女士要找她的姊姊，另一名女士想找回她的三個弟弟，還有一名男士在找他的妹妹和當年還是小嬰兒的弟弟，這個弟弟現在算起來也差不多是亨利的年紀。大部分的尋人文章已發布超過十年，發現這件事不由得令我心一沉。

還有各種關於虐待的故事。故事中的孩子在沒有人關懷他們、想要他們的世界長大，亨利是在那樣的環境中長大的嗎？無論我遇到了什麼事，至少我知道這世界上有人在乎我。我躺在床上，為亨利感到心碎，也為每一個尋找失散親人的人感到心碎。

第二十二章

熬到明天我不能
就連今晚都不成
我今晚要怎麼撐
我已經不想再爭

——「惡魔島之子」

返校橄欖球賽當天，我跟錫安在他家看了至少十支穿著褲子的雞的影片（崔比說得對，遊客肯定會增加至少兩成），又練了一會吉他。「不對，和弦錯了。」我對錫安說：「應該要彈A大調才對。」

「我在彈了啊。」

「沒有，你彈的是C大調。」

錫安調整手指。「看，A大調。」

「好，現在你彈的是A大調。」

「我沒辦法專心，你竟然這樣對我。」

「怎樣對你？」

「約崔比參加返校舞會。」

「不會有事的啦。」我向他保證，「如果崔比不想去，她絕對不會答應。」

「換作是我，我從一開始就不會開口約她。」

「所以就需要我介入啦。這是為你好。你要走出去，踏出自己的同溫層。」

錫安瞪了我一眼。「那你這個未來的隱士又在幹麼？」

「我在幫你踏出同溫層。」

「不，我是說你有沒有想過要踏出同溫層，放下以前的事情？」

「喔，我不是也要去舞會嗎？」

「那你還打算做什麼？」

「我在教你彈吉他。」我把注意力放回錫安手上，「現在來試試D大調。」

「艾玟，我不知道你為什麼要浪費自己的時間。」藍道在門邊出聲，「這傢伙怎麼教都彈不好啦。」

「他彈得不錯啊。」我堅持。

錫安瞪著藍道。「滾出去。」

藍道踏進房間。「全世界最廢的吉他手。」

「滾出去，不然我就跟媽說。」

藍道非但沒有離開，竟然還跟著坐到床上。錫安一副腦中動脈瘤炸開的模樣，猛然跳起來，吉他往床上一丟。「我去跟媽說！」

錫安衝出房間，我跟藍道笑得亂七八糟。「去告狀啊！」藍道對著弟弟的背影大叫，我們聽見他在別的房間裡向他媽媽抱怨。

「他很努力了，不要為難他。」

「我只是想把他趕出去。」

我的內臟糾結成一團。「為什麼？」

「因為我想聽你彈上次彈過那首歌。」

我吞吞口水。「哪首？」

「不知道，感覺是首老歌。」

我努力回想，被藍道注視著，動腦成了天大挑戰。「喔，你是說〈自由墜落〉？」

他臉一亮。「對，應該是。」他拎起吉他，放到我腳邊。

我拚命思考那首蠢歌的彈法，期盼他別發現我的腳趾在抖，然後我彈出幾個音。

「不對。」藍道搖頭。

我停下雙腳。「什麼？」

「你要跟著唱才對。」

「我不唱歌的。」

「你會唱。我聽過你唱。」

「那是因為我沒發現你在偷看我。」

「那如果我站在門外，你就可以唱了？」

我勾起嘴角，又咬住嘴脣。「才不是。」

「那你不跳舞也不唱歌嘍。」

我點頭，小聲說：「對。」

「為什麼？」

我繼續輕輕撥動吉他弦。「不知道。」這是謊話。我很清楚原因是什麼。我臉皮太薄，不願承認自己害怕面對其他人對我的看法。

意識到藍道的視線，我停止彈奏，慢慢抬起頭，迎上他的目光。

「你知道的。」他說：「而且你的理由很蠢。」

他這句話像是往我額頭揍了一拳似的，他幹麼管這麼多？我才準備開口，錫安就衝回房間。「媽叫你滾出去，別來煩我們。」

藍道起身。「沒問題，反正我也該準備出門了。」

「對，我想也差不多了。」錫安對他哥擺出最臭的臭臉，看著藍道離開，接著他坐回我隔壁，抱起吉他。「真不知道他幹麼一直來煩我們。」他喃喃唸著。

我盯著吉他。「我也不知道。」

「我喜歡今天這件T恤。」那天傍晚，我們擠進休旅車時，我對希爾先生這麼說。

他低頭看看《復仇者聯盟》的神盾局長尼克．福瑞的劇照。「艾玟，謝啦。」

「他怎麼會失去一隻眼睛？」我從後座發問。

「有很多種說法。最開始的白人尼克據說是在二戰時期被手榴彈炸瞎的。」希爾先生解釋：「但新版的黑人尼克則是在波斯灣戰爭時，運送金剛狼穿過科威特途中遭到埋伏，失去那隻眼睛。」

「真有趣。」我說。希爾先生簡直就是漫畫界的百科全書。

「他們不斷改寫角色的設定跟背景。」

車子剛停進學校停車場，藍道便跳下車，扛著他的橄欖球具跑得不見人影，我跟錫安去找位置，希爾先生跟希爾太太幫我們排隊買飲料跟點心。我們爬上看臺，到處都是校內學生，珍妮莎也在。

我猜因為她是藍道的女朋友，而錫安是我最要好的朋友，而我們明天都要去返校舞會，所以我鼓起勇氣，停在她面前，擠出最燦爛的笑容說：「嗨，珍妮莎。你很期待比賽嗎？」

她沒有半點回應，就只是坐在朋友身旁，盯著我們看，彷彿是把錫安當成長了手和腳的巨大鼻屎，而我是只長了腳的巨大鼻屎。

為什麼別人對我沒禮貌，我卻要如此難為情？我真的不知道，但我覺得自己……難堪到了極點。此時此刻，我為自己感到無比難堪。我感到難堪是因為我竟然任由她讓自己這麼難堪，不知道這樣講是否能夠理解。

我跟著錫安快步往上爬，他剛擺脫我們被當成爛掉的痘子看待的震撼。

我們找到空位，坐下來。「她好可怕。」錫安悄聲說：「到底藍道為什麼會喜歡她？」

我想到珍妮莎完美的棕色長髮、完美的臉龐、完好無缺的四肢。「我可能知道原因。」

希爾先生跟希爾太太在比賽即將開始時與我們會合，但我對他們買來的爆米花和墨西哥玉米片毫無胃口。

「你們明天就直接去舞會，別管我了。」我對錫安說著，看約書亞在場上趴倒，接著我的視線飄向前幾排的珍妮莎。

錫安搖搖頭。「你不能就這樣縮回去，不能為了白痴珍妮莎這麼做。」

「不是為了她。好吧，她是部分原因，畢竟我們得要跟她和藍道一起搭車去舞會。」

「她在藍道面前表現會好一點。」

我哼了聲。「最好是。」

錫安往嘴裡丟了一塊玉米片，把紙盒遞給我。我搖搖頭。

「別擔心，你可以撐過明天的。」他說。

我再次瞄向球場上的約書亞。「我得要先撐過今天。」

錫安聳聳肩，吃起下一塊玉米片。「一天一天慢慢來嘍。」

第二十三章

快跑
不然會傻掉
快跑
要改變思考

——「格格不入」

我穿上紫色背心裙，套好星際大戰款帆布鞋。我想我是受到希爾一家熱愛星戰的影響，才會選這雙鞋子。我垂著肩膀，打量自己在鏡中的倒影，發覺我把背心裙前後穿反了，我的人生就這樣虛度了十五分鐘。

媽媽幫我化妝，這樣我就不用頂著大花臉踏進舞會會場。「他們會玩ＹＭＣＡ。」她往我眼皮上刷眼影時，我對她說：「我肯定會丟臉。」

「親愛的，別胡說八道，你一定會風靡全場。」她對著我的臉皮吹了口氣，「假如他們要玩ＹＭＣＡ的手勢，那就去喝點東西混過時間就好啦。」

「大家會取笑我。」

「我不這麼想。」

「一定會的。你都不知道那些人有多壞。」

她停下手邊的動作，直盯著我，似乎是在等我解釋這句話的意思。我差點就要說出那天的奇恥大辱，但我張開嘴，卻發不出半點聲音。她一定會嚇壞的，而且一定會哭，然後整個家裡愁雲慘霧。我不能在她往我淡紅色睫毛上塗睫毛膏的時候影響她的心情。

她收好睫毛膏，從我的化妝包抽出腮紅。我腦袋往後一閃。「你認真的嗎？」

她點點頭。「也是，先不要好了。」她合上腮紅的蓋子，又抽出唇蜜，「你怎麼會有腮紅？」她一邊問，一邊在我嘴唇上塗了薄薄一層亮彩。

「買整套送的。」

「可以給我嗎？」

「請自便。」

「完成啦。」她細細打量我的臉，「你超美。」

我轉頭，看著浴室鏡子裡的自己。「哇塞，給你弄好看多了，可以請你當全職化妝師嗎？」

「門都沒有，我只在特殊場合提供服務。」

我皺起臉。「這算是特殊場合嗎？」

「當然是嘍。」她雙手掩住嘴巴，「我的寶貝要去參加她的第一場舞會呢。」

「媽，真希望我能跟你一樣興奮。」我從水槽旁的檯面跳下來，和媽媽一起走到起居室。

爸爸一看到我就吹了聲口哨。「天啊，小淑女，你好正。」他裝出一口南方口音。

外面有人敲了門，媽媽開門讓崔比進來，她穿著超可愛的粉紅色高腰連身裙，金色短髮間挑染了幾束粉紅色。「崔比！」我歡呼，她一把抱住我。

「這麼可愛的挑染是怎麼弄的啊？」我問。

「染髮筆！」她開心解答，打開斜肩包，抽出一把長得像粉筆的染髮筆，「也有紫色的，我應該要幫你染一下，肯定跟你的裙子很搭！」

我們坐在沙發上，崔比在我的紅髮上塗了幾條紫色。我說：「你答應跟錫安一起去舞會真是太好了。」

「我超興奮的！從來沒有人約我去參加舞會，而且他很可愛啊。」

我對她微笑。「他真的很可愛，很高興你也這麼想。」

「最近有找到什麼喜歡的樂團嗎？」她一邊問，一邊挑起一縷我的紅色長髮。

「我喜歡『我們是圖書館員』。」

「我的天！」崔比大喊：「〈禁書〉是我最愛的歌！」

「我再把這首加進我的歌單。」

等崔比幫我打扮完，我進浴室看看自己成了什麼樣子。「喜歡嗎？」她從我背後詢問。

我點頭。我真的喜歡。超喜歡。

「我們去外面等錫安。」我跟爸媽說完，帶著崔比準備逃出家門。

「先等我們拍完照片再說。」媽媽還是一樣雀躍，「不過到外面也不錯，光線更好。」

我們四個人走下公寓樓梯，爸媽爭論到底是要以正門旁的巨柱仙人掌、停車場旁的整排亞利桑那州州樹，還是園區中央高大的牧豆樹作為照片背景。

最後我們決定在停車場拍照。崔比幫我們一家三口拍照的時候，希爾太太的車子剛好開進來。媽媽上前打招呼。「錫安，你要不要下車？我們幫你跟崔比合照。」

看到崔比，錫安的眼珠子簡直要彈出來了。「嗨，錫安。」她打了招呼，但錫安難為情的東張西望。接著，當崔比勾著他的肩膀合照時，他看起來呼吸有點困難，我好擔心他會昏倒。

其他人也下了車，我發現藍道帶了他的朋友賈斯丁，珍妮莎不見人影。

藍道站在我隔壁，腳貼在我腳邊。「我們撞鞋了。」我低下頭，發現他也穿了一樣的星際大戰帆布鞋，我抬頭對藍道咧嘴一笑。「你沒發現自己買到女生的鞋子了嗎？」

藍道笑出聲來。「你仔細看尺寸，這是男款。」

我勾起嘴角。「是喔。」

藍道輕輕拍了我肩膀一下。「艾玟，你怎麼這麼酷。」

現在輪到我呼吸困難了。「才沒有。」我喃喃回應，似乎讓藍道有點失望。我暗罵自己幹麼耍蠢，藍道又轉頭向賈斯丁搭話。

「珍妮莎在哪？」我對錫安小聲問。

「她跟藍道分手了。」

「為什麼？」

錫安的表情像是他無法理解我幹麼探究這件事，我也不太清楚自己為什麼要追問。「我才懶得管。」他說：「分得好。」

我們大概又拍了一百張照片才擠回車上，我和錫安、崔比靜靜坐在最後一排，直到我憋不住了，開口問：「珍妮莎呢？我以為她要跟我們一起去。」

錫安用嘴型跟我說：「我已經說過了。」

藍道聳聳肩。「不干我的事。反正媽也不喜歡她，這樣對大家都好。」

「我很喜歡珍妮莎啊。」希爾太太堅稱。

「才怪，你說她很膚淺。」

「好啦，真的。」希爾太太說：「那個女生真的滿膚淺的。」

希爾太太在七點左右把我們送到體育館附近，跟我們說她十一點會來載我們。竟然要在舞會裡待上四個小時。

「媽，如果你想八點過來也沒關係。」錫安說。我點頭附和。

崔比大笑。「才怪！我想跳舞！」

「你們一定會玩得很開心。」希爾太太向我們保證。

我們五人一起走進體育館，賈斯丁跟藍道沒多久就找到他們的朋友，消失得無影無蹤。

我和錫安、崔比坐在角落的椅子上，儘量遠離跳舞的群眾，我們尷尬的坐著，直到〈YMCA〉的旋律響起。「就說了吧。」我對錫安抱怨。

他舉起雙手。「嘿，歌又不是我點的。」

「不用任何人點，這首歌就會自動播出來，這是學校舞會的必備曲目。」

「我想玩耶。」崔比催著錫安：「來啦，如果不跳舞的話，我們來這裡是要幹麼？」

錫安眼神亂飄。「其他人會看到我們。」

崔比從椅子上跳起來。「誰管他們？」她一把抓住錫安，拉著他往舞池方向走。

「我不能丟下艾玟。」

崔比停下腳步，轉頭看我，像是在尋求我的同意。

「當然可以。」我說：「快去跳吧。」

他們離我而去，我孤單一人坐在角落，然後我瞄到約書亞那群人就在不遠處，於是我起身穿過跳舞的人群，移動到體育館的另外一區，坐在看臺上。

幸好〈YMCA〉結束了，換上別首慢歌。我穿著廉價的紫色連身裙，頂著可笑的妝容，頭髮還被畫出一條一條紫色，腳踩我最愛的鞋子，周圍全是跳舞笑鬧的學生。我好想哭。

真希望康諾在這裡。不知道他現在人在幹麼？在跟亞曼達約會嗎？這個想像讓我更想哭了。

藍道彷彿是憑空冒出來似的坐在我隔壁。「你怎麼自己一個人坐在這裡？」

「錫安跟崔比去跳舞了。」我咬住嘴裡的軟肉，命令淚水不准跑出來。

我們坐了一會，藍道的星際大戰帆布鞋隨著節拍敲打椅腳。「跟你說，你超漂亮的。」他突然開口。

我轉頭，在吵雜的音樂中，不確定自己到底有沒有聽錯。「嗯？」

他笑了笑，拉高音量：「你超漂亮。」他撩起我的一縷頭髮又放開，「我喜歡這個紫色。」

我不知道該如何回應，他為什麼要對我說這些話？他在做什麼？

「你想跟我跳舞嗎？」我愣愣的看著他，他的笑容漸漸擴大，化為笑聲，「你聽得見我在說什麼嗎？」

「為什麼？」

「因為你都沒有回應啊。」

「不是，我是問你為什麼要邀我跳舞？」

藍道皺起眉頭。「一個人邀請另一個人跳舞，基本上是為什麼？」

「什麼？」

「因為他想跟另一個人跳舞啊！」

這時約書亞從我們面前走過，向我丟了個飛吻，藍道看到了。「他在搞什麼鬼？」他問。

我只能搖頭。

別哭別哭別哭。

該不會我高中四年都要忍住掉淚吧？

「他幹麼做那種事？」

我不斷搖頭，喉嚨緊緊的，擠不出半點聲音，然後我再也忍不住跳起來，衝過擁擠的體育館，一路跑到門邊，臀部用力撞往門把，等一下大概會瘀青吧。門開了，晚上溫暖的空氣向我吹來。

我沿著步道狂奔，來到空蕩蕩的橄欖球場，跑上水泥臺階，被其中一階絆倒，擦傷膝蓋，腳踝也扭到了。「好痛。」我坐在看臺椅子上呻吟，轉轉腳踝，痛楚竄過整個關節。「不。」我小聲自言自語，淚水沿著臉頰滑落。我絕對不能傷到這雙腳。

我坐在看臺上，眺望空蕩蕩的球場，除了幾隻蟋蟀唧唧鳴叫，周圍沒有半點聲音。我發現昨天珍妮莎差不多就是坐在這個位置，當時她看著我的眼神彷彿是把我當成腳趾縫中的髒東西。珍妮莎有完美的長髮（我的頭髮看起來像是剛搭過超高速雲霄飛車）；完美的妝容（我就是無法左右對稱）；完美的衣著（我老是買雜牌貨的清倉特賣）；還有完美的指甲彩繪。

我聽見有腳步聲往這裡接近，接著下方傳來呼喚我名字的聲音。我沒有出聲，不想讓藍道發現我像瘋子一樣，坐在空蕩蕩的看臺上偷哭。我思考要不要躺到地上躲起來，直到他離開。

「艾玟，我看到你在上面了。」

他爬上臺階朝我靠近，我努力用肩膀擦掉臉頰上的淚水，希望妝沒有花掉，不過在黑暗中應該看不出來吧。

藍道坐在我身旁。「你為什麼跑得這麼急？是約書亞嗎？」

我搖頭。「我不太舒服。」

「就像是你之前在購物中心那樣？」

「什麼意思？」

「我是說，你為什麼要一直躲，不告訴大家發生了什麼事？」

「我才沒有躲。」我想起剛才自己打算躺到看臺下躲起來，「我在人多的地方會有幽閉恐懼。」

「約書亞為什麼要給你飛吻？」

「珍妮莎為什麼要跟你分手？」

「不對，先回答我的問題。」

「因為他是混蛋，現在輪到你回答我的問題了。」

「分手不是她提的，是我。」

我盯著他看。「為什麼？」

「因為她是混蛋。」

「她做了什麼？」

他聳聳肩。「也沒有什麼具體的事情，但有時候她對其他人的評論讓我聽了渾身不舒服。」

「像是什麼？」

「像是……很難聽的話。」

「關於錫安？」

「有時候。」我知道他在看我，雖然球場暗成這樣，我幾乎看不出他的眼睛在哪。他搖搖頭。「但我們不需要深入這個話題。」

我垂眼看著抽痛的腳踝。「不需要。我猜得到她說過什麼話。」

「我就說她是混蛋。」

我轉轉腳踝，痛得齜牙咧嘴。「漂亮的混蛋。」

「才沒有。跟你說，一陣子後，我覺得她一點都不漂亮了，感覺就像她醜陋的內心漸漸顯露出來。」

我想起剛見到約書亞的時候，覺得他還滿可愛的，現在光是看到他就想吐。「我懂。」我放下受傷的腳，稍微施加點重量上去，痛得咬牙咕噥。

「你腳怎麼了？」

我點點頭，再次嘗試轉動腳踝。「我走上來的時候扭到了。」其實我是衝上來的。不對，瞬間移動更貼切。

「來，讓我看看。」我還來不及阻止，他已經握起我的腳掌，放到他大腿上，脫下我的鞋子，我拚命祈禱我的腳不會臭。

藍道按了按我抽痛的腳踝，感覺更像是他在按壓我的心臟。他握住腳踝，稍微施壓，我努力穩住呼吸，胸腔裡像是有隻蜂鳥在打轉。「感覺如何？」

「會痛，不過我想應該沒事。」

他皺眉。「你膝蓋也擦傷了。」

他伸手，似乎是要摸我的膝蓋，我連忙把腿縮回來。

「沒事。真的沒事。」

我用腳趾搶回鞋子，丟在自己面前穿好，從椅子上跳起來。「我該走了。」說完，我一拐一拐的爬下臺階。

藍道起身。「你要去哪？」

「我該回家了。」我高聲回應。

「可是你要搭我們的車回去啊！」

「我去找錫安。」我沒有回頭，一踏上步道就奮力踏著抽痛的腳踝狂奔。

第二十四章

我就是個假好人
自己說的都不認
不管後續會怎樣
只有我活該的份

——「尖叫雪貂」

我跟喬瑟芬坐在餐廳裡吃白麵包配火雞肉汁跟馬鈴薯泥。喬瑟芬說得對，用「養生」來形容黃金落日的伙食已經是比較好聽的說法。

「如果說你喜歡某個人……當然，只是假設——」

「喜歡某個人？」喬瑟芬打岔。

「對，我的意思是真正的喜歡。」

「你喜歡上誰了？」

我翻翻白眼，用夾在腳趾間的叉子戳起一塊火雞肉。「沒有。我剛才說過了，這

只是假設。」

「是你跟我提過的那個男生嗎？」

「天啊，你根本沒在聽我說話。」我把乾巴巴的火雞肉塞進嘴裡，硬吞下去，「我的假設是哪裡說得不夠清楚？而且我也說過了，那個男生是混蛋。好了，這不重要，我怎麼會跟你聊這種事呢？」

「我也不知道你脾氣怎麼會變得這麼差。」

我們默默坐了一會，餐具敲打碗盤的聲音在餐廳裡此起彼落，不時會有某個老人家拚命咳嗽，像是差點被火雞肉噎死似的。喬瑟芬盯著我看好一會，又若無其事的別開臉，彷彿是一點都不在乎我坐在她對面。

「好啦。」我說：「就假設一下，你喜歡上某個可愛又受歡迎的人，但他永遠不會回應你的感情，你要如何擺脫？」

喬瑟芬的視線轉回我臉上。「擺脫？」

「你知道的，擺脫那份心情，把它們壓下去。壓到最下面，塞進全世界最深的洞穴裡。」

「說什麼話？你就是要拿我的小說開玩笑？」

「你後來有看完嗎？那個人最後有沒有變成海盜化石？」喬瑟芬沒有理會，喝了幾口水，「我是認真的，我真的想知道你會怎麼做。」

「做什麼？」

「擺脫自己的感情。你知道的，那種對男生的好感。」

喬瑟芬狠狠皺眉。「你為什麼認為我知道要怎麼做？」

「因為你從來沒有交過男朋友之類的，你說你沒空管那種無聊的事情。」

喬瑟芬哼了聲，往嘴裡塞了一口火雞肉。「我以前也喜歡過男生啊。」

「我不信。你從來沒有喜歡過任何人。」

「你知道的，我可沒辦法憑空生出你媽媽！」

我的好奇心被她這句話挑起。「他是誰？」

「誰？」

「我外公！」

喬瑟芬笑出聲來。「不是什麼值得一提的人。」

「他是不是帥氣的牛仔，跟你在德州相識？他是不是穿著馬刺，長了很有男子氣概的鬍渣？他是不是身上帶著皮革跟牛大便的味道？」

喬瑟芬笑得更大聲了。「他聞起來才不像牛屎。」

「那他到底是誰？」

「他是軍人，在越南戰死。」

我收起笑容。「喔。」

喬瑟芬擺擺手。「都是很久以前的事情啦。」

我看著她在粉橘色亞麻桌布上敲打手指。「你那時候很喜歡他？」

她垂眼對著桌面微笑。「嗯。」她吸吸鼻子，「非常喜歡。」

「之後你沒有喜歡過別人嗎？」

她聳聳肩。「帶著一個小娃娃……我說過了，我沒空管那種無聊的事情。」

我們又陷入沉默，直到我看見米爾福在附近的餐桌坐下，他朝我們揮手。「現在你有大把時間啦。」我對喬瑟芬說。

她望向米爾福，哼了一聲。「什麼？為了他？不了，謝謝。」

「為什麼？他滿臉皺紋的樣子也滿可愛的啊。」

米爾福注意到喬瑟芬的視線，笑容增幅了兩倍。「要是他願意梳梳那頭亂髮，或許會可愛一點點吧。」

「說不定你可以幫幫他？稍微讓他整潔一點，丟掉那雙好笑的芝麻街拖鞋。」

「那是他孫子送他的禮物。」她喃喃回應，又喝了口水。

「呃……」

她把水杯重重擱到桌上，濺出來的白開水沾溼粉橘色桌布。「我說了，他孫子送他那雙拖鞋，所以他才會穿著。我根本不想知道這種事，但他一有機會就會在我耳邊說個沒完。」

「哇，真是溫馨。他是個慈祥的爺爺。他的孫子們常來看他嗎？」

「嗯。」

「你有沒有見過他們？」

她大聲嘆息。「有，他還把我介紹給他們。那還用說嗎？不過他有好幾個孫子孫女，也沒辦法全部記清楚。」

我對她咧嘴一笑。「他們很愛這個爺爺，對吧？」

「看來是這樣沒錯。」

「你為什麼不給他機會？」

「我說過了，我才不想照顧哪個男人。」她搖搖頭，「不行。我不想拿梳子幫他梳頭髮。」

「他不需要你照顧，在這裡有很多人會照顧好他。」我凝視著她，「你只是無法相信有人會真的喜歡你這個人。」

她迎上我的目光。「小妞，你也一樣。」

第二十五章

做出決定
找到本心
不確定行不行
需要一舉創新

——「惡魔島之子」

最不可思議的事情發生了。氣溫竟然降到九十度以下，不知道好日子能持續多久，但真的是太美好了。馬術課剛好碰上降溫，我心裡可說是感激不盡。頂著一百度的高溫，坐在熱呼呼的巨大馬匹身上實在是難受到了極點，稍微可以想像被熱鐵烙印的牛有多難受。

「下個月就是馬術秀了。」比爾說：「你準備好要練跳了嗎？」

「還沒。」

「艾玟，你真的想參加表演嗎？」他摘下牛仔帽，抓抓滿頭灰髮，又戴回帽子，

「你也知道你不一定要上場。」

我低頭盯著比爾。我真的想參加表演嗎？想到剛要學騎馬那陣子，我充滿自信，認定什麼招式都學得會。學期開始的時候，沒有任何人事物能阻止我策馬跳躍，然而現在心中的恐懼幾乎要把我淹沒。

高中從我身上奪走了一切：我的勇氣、我的自信、我的決心。學期才剛開始，同樣的日子過上四年我肯定會完蛋。最後我聳聳肩說：「不知道。」

比爾垂頭思考一會。「這樣吧，跳躍之後再說，今天就來練一下小跑吧。」

我瑟縮一下。我也不想練小跑，小跑會讓我在馬背上彈來彈去，讓我以為要從辣椒身上摔下來，而且屁股也會很痛，隔天肯定坐立不安。更何況我的腳踝還沒好，用腳操縱韁繩更加困難了。

比爾沒再堅持，我們繞著騎馬場走了一會，練習幾個簡單的語音指令。比爾沒再逼我，但我一點都不開心，心情反而更糟了，因為我知道他要放棄我了。

下課後，我去探望義大利麵，希望涼爽一點的天氣能讓牠稍微有點精神，可惜牠跟平時一樣昏昏沉沉。「你是怎麼了？」我蹭蹭牠柔軟的皮毛，特別餵了牠一塊花椰菜當零嘴。今年春天，牠一定會馬上吃完，可是現在牠連看都不看一眼。我用腳趾拎起花椰菜，輕輕放在牠嘴邊，但牠毫無反應。我放棄了，決定回家。

踏進公寓時，爸媽都坐在餐桌旁，一看到我就閉上嘴。

「怎麼了？」我問。

「馬術課如何啊？」爸爸問。

「很好。」我撒了謊，無法鼓起勇氣跟他們說我永遠無法在馬術秀前準備好。

「太好了。」媽媽雙手交握。

我輪流看著他們兩個，現在還早，爸媽都在家的機率太低了。「出了什麼事？」

「我們有個東西要給你。」媽媽說。

我歪歪腦袋。「好啊，你們為什麼這麼緊張？」

媽媽拎起放在桌上的小盒子。「是這個。」

我走上前，唸出盒子上的標語：「『找到我的親人』。這是什麼？」

「這是ＤＮＡ檢驗工具組。」爸爸解釋。

「做什麼用的？」

「給你的。」爸媽異口同聲回答。

媽媽把盒子放回桌上。「這是要給你提出自己的樣本。」

「為什麼？」

他們互看一眼。「靠著這個，或許你能找到你的親生爸爸，或是他的親屬。」爸爸說。

我站在原處直盯著他們，不知道該說什麼，無法斷定自己心中是什麼感受。之前我曾跟錫安一家說我不喜歡驚喜，我是認真的，但現在卻收到一個這麼大的驚喜，我沒有半點心理準備。

媽媽說：「我們只是在想，發現喬瑟芬是你外婆、你媽媽已經過世之後，你不斷提起你的親生爸爸。我們能理解你對他有多好奇，所以認為這能幫你查出真相。」

我看著那個盒子，彷彿它是落在我們家餐桌上的蠍子，沾滿毒液的尾巴直直指著我，但它就是個盒子。「我幾乎是開玩笑的。」

「或許有時候你沒有很認真。」媽媽說：「可是有時候你是認真的。你一再對我們、對喬瑟芬提起他，背後肯定有原因。」

「小巴巴，你只要沾一下口腔黏膜，再寄回去就可以了。」爸爸說：「就這麼簡單。」

就這麼簡單。

明。

「要是在資料庫裡發現有誰跟你的DNA相符，他們就會聯絡你。」媽媽補充說

我的視線沒有離開過那個盒子，那不過是個毫無害處的盒子，區區一個盒子為什麼會讓我如此害怕？就算我收下了，也不一定要拆開來用。我不需要在自家廚房裡做出改變人生的重大抉擇。

爸媽看著我，我只好用下巴跟肩膀夾起盒子，帶回房間裡。我把它放到書桌上，坐下來繼續凝視著它。「找到我的親人。」我喃喃自語。

我真的想找到他嗎？他會不會是壞人？我的意思是，他會不會在現實生活中作惡多端？是不是約書亞那樣的惡棍？還是珍妮莎那樣的勢力眼？我不確定是否能面對那樣的真相。如果說，找到他只讓我更加失望，那我該怎麼辦？

那還不是更慘的。如果他對我感到失望，我該怎麼辦？

第二十六章

留我一人
獨自沉淪
快滾
拜託別跟

——「我們是圖書館員」

「嗨。」我在置物櫃前，藍道從後頭靠近，「你跟那個東西處不好嗎？」

我丟下夾在腳趾間的門鎖，滿心挫敗。「從來沒有跟它感情好過，每次都要大戰三百回合。」

「你的密碼是多少？」藍道問。

我東張西望。「不能大聲說。」我的置物櫃裡除了課本跟垃圾之外什麼都沒有，但比起被人拿走什麼東西，我更在意別人往裡面亂放什麼。

藍道湊過來，耳朵貼到我嘴邊。「小聲跟我說。」

我突然想不起自己的密碼，愣愣的站在原處，對著藍道的耳朵悄聲說：「呃……三、一、六、一、一。」

他彎下腰，幫我打開置物櫃。「你要拿什麼？」

我要什麼？今天下午我上什麼課？我儘量一口氣拿完上午跟下午的課本，這樣每天只要拜訪置物櫃兩次就好。

藍道仰頭看我，眼神跟笑容一樣開朗。「代數、生物、英文。」我說。

看著他幫我挖出課本，我暗自慶幸最近才清掉發臭的花生醬加果醬三明治。「這些要留著嗎？」他幫我打開書包。

「不用，可以放回去了。」

他把課本換了一輪，用力關上我的置物櫃，重新上了鎖，起身面對我。「現在你要去上代數課？」

「對。」

「要不要一起走過去？」

我後退一步。「為什麼？」

藍道皺眉。「天啊，艾玟，你為什麼總是要問為什麼啊？我為什麼想跟你跳舞？

我為什麼想送你去教室？」

「呃……」我的腳掌在夾腳拖裡滑進滑出，「為什麼？」

「你認為我別有用心？」

我低頭看著綠色的夾腳拖，搖搖頭。「不知道。」我抬頭看他，「是這樣嗎？」

「你都沒想過說不定我就是喜歡跟你相處？」

另一個「為什麼」差點脫口而出，我用力憋住。「你還有很多朋友可以一起玩。」

藍道猛然退開，我突然意識到這句話給人的感受，但我不是這個意思。既然可以跟那些比我還酷的同學一起打鬧，藍道為什麼想跟我相處？

「艾玟，別這樣。如果你希望我別來煩你——」

「我想這樣最好。對大家都好。」

藍道凝視我好一會，我垂眼看著夾腳拖，不想被他看見浮現淚光的雙眼，一直等到他轉身離開。

第二十七章

我已迷失了自己
自我心聲都匿跡
種種感受都不理
只剩恐懼和怒氣

——「惡魔島之子」

我跟康諾坐在冰淇淋店門外的搖椅上吃冰淇淋。

「你今天好安靜。」他說：「如果沒有要找人說話的話，我自己坐在家裡也沒差，反正就跟平常一樣。」

「抱歉。」

「現在又遇到什麼問題啦？」

問題到處都是。

「不知道。」這倒是沒有說錯。我腦中一片混亂，不確定自己究竟想不想找到親

生爸爸，不確定我是否還想參加馬術秀，不確定藍道到底是怎麼一回事。

藍道是錫安的哥哥，我們應該算是朋友吧？為什麼我們之間的氣氛變得如此詭異？他為什麼要邀我跳舞？為什麼想陪我走到教室？他是在可憐我嗎？這是我能想到最糟的解釋。他跟在我身旁、對我好，全是出自憐憫。可是每次想到他，我的心跳就會稍微加速、雙腳微微顫抖、有點口乾舌燥，這讓我心情更糟了。

我不能喜歡藍道。我是說真正的喜歡。我相信有一大堆女生都喜歡他，跟著跳進去只是準備迎接更大的失望，真希望我能壓下這些情感，喬瑟芬一點忙都幫不上。

康諾吠了一聲，讓我從思緒中醒過來。「那你跟藍道又怎麼了？」他彷彿聽見了我腦中奔騰的思緒。

我轉頭看他。「你幹麼提起他？」

他聳聳肩。「錫安跟我說返校舞會那天你們一起過去，你卻在藍道邀請你跳舞之後突然跑掉，還扭到腳。」

我用力皺眉。「天啊，怎麼每個人什麼都知道？」

「要是你保密到家，就不會有任何人知道任何事情了。」

「什麼意思？」

「意思是你最近老是神祕兮兮，有事情瞞著大家。」

「什麼事情？」

「我怎麼會知道？你就保密到家啊。」

「說不定我就是不想讓人家管啊。」我說：「有時候我真希望大家都別來煩我。」

「包括我。」康諾眨眨眼，嘖了幾聲，對著手中的冰淇淋皺眉。

「好啦，隨時都有人來煩我，是要我怎麼當隱士啊？」

康諾起身，把冰淇淋丟進垃圾桶。「艾玟，你最好留意一下，不然你的願望很可能會實現。」他走下臺階，我看著他穿過沙土路，朝動物互動區走去，陪義大利麵一起坐在地上。

冰淇淋店門打開，亨利走出店外。「還好嗎？」他問，「你們兩個看起來不太開心。」

「不開心的人是我，我現在腦袋亂成一團。」

「亂成一團嗎？」亨利坐進其中一張搖椅，對我微笑，幸好他今天狀況不錯。

「我討厭高中。」

「那麼糟嗎？」

「糟到極點。」

我跟亨利默默坐著，康諾轉頭狠狠瞪了我一眼。亨利輕笑幾聲。「你們兩個在吵什麼？」

「不知道。我跟他說我希望大家都別來管我，讓我照著計畫成為隱士，然後他就生氣了。」

「隱士嗎？」亨利說：「如果你成為隱士，那要怎麼參加馬術秀呢？」

「我不出場了。我不要參加馬術秀，也不要去上學，這樣就不用跟那些捉弄我的男生周旋，不用面對關於我親生爸爸的疑問，不用跟朋友和孤僻的外婆吵架。」我深呼吸，「太好了。」

「嗯。看來你是個超級膽小鬼啊。」

我瞪著他。「我才不是。」

「我覺得你是想逃避現實，而不是直接面對。」亨利搖搖頭，「原來我沒有像我想的那樣了解你。」

「有時候你根本搞不清楚我是誰。」

亨利悲傷的望向動物互動區。

「抱歉。」我搖頭，「我不該說這種話。我真不知道自己是哪裡不對勁，高中要把我逼瘋了。」

「我沒想過你會被區區一個高中打倒。」

我咬住嘴唇。「從中學畢業之後，我感覺……自己可以面對一切，然後康諾搬走了，然後那個男生……」

亨利犀利的目光射向我。「那個男生怎麼了？」

「他羞辱了我，而且還不斷羞辱我。我變得越來越不像自己，感覺像是我坐在飛機上，想要找到站在地上的自己，可是我只是個小到幾乎看不見的小點。我想大喊：『嘿！艾玟！是我！艾玟！』可是我太渺小了，連自己都找不到。」

亨利露出無比困惑的表情，這很合理，畢竟我這幾句話一點都不合理。「無論什麼事情，我都無法確定了。」我說：「我不確定某個人是不是真的喜歡我，還是只是在捉弄我。我想他不是這樣的人，可是我覺得已經沒辦法再信任誰了。」

亨利點點頭。「你就這樣讓某個壞蛋對你產生這麼大的影響力嗎？」他再次望向動物互動區，「你要放任他毀了你的友情？你要放任他毀了你這輩子最美好的時光？」

「說高中是人生最美好的時光的人，大概都是在家自學的吧。」我看著康諾。他抬頭瞄了我一眼，注意力又迅速回到義大利麵身上。我笑了笑。「亨利，你怎麼會這麼有智慧呢？」

「我年紀大了啊。時間久了，智慧就長出來了。跟你說，我以前也被欺負過，孤兒院裡總是會有好幾個惡霸。」

「是嗎？」

「當然了。我沒有親人陪我撐過去，不過我有一些朋友，在孤兒院裡認識的好朋友，我們彼此扶持，要是沒有他們，我不知道自己會做出什麼事。我絕對不會讓愚蠢的爭執毀了我們的友情。」

「很遺憾你沒有親人陪你度過艱困的日子，我猜在某些方面自己還滿幸運的。」

亨利咕噥幾聲。「你比我幸運太多了。但有的朋友也能跟親人一樣，世界上有各種不同的親人。」亨利指著康諾，「朋友也能跟親人一樣。」

我對亨利笑了笑，起身走向動物互動區。我坐在康諾跟義大利麵旁邊。康諾沒有看我，繼續撫摸義大利麵的毛皮，他用手機放音樂給義大利麵聽。

「你真的覺得牠喜歡『駱馬大遊行』嗎？」我問。

「當然了。這是牠唯一喜歡的團。」

「真的，我也很喜歡這個團。」

「牠看起來還是很累。」康諾說。

「是啊。」我脫下夾腳拖，撫過義大利麵柔軟的毛皮，「牠感覺不剩任何能量了。」

「牠好瘦，我可以摸到牠的肋骨。」

「牠吃得不多，連花椰菜或是馬鈴薯這些零食都不吃了。」

「我很擔心牠。」

我點頭。「我也是。」

這時一頭山羊跑過動物互動區，腦袋撞上另一頭山羊的屁股，遭到襲擊的山羊側身摔倒，渾身僵硬，四條腿直挺挺的模樣惹得我跟康諾笑出來。

「抱歉。」我說：「剛才我的態度爛死了，更糟的是我最近一直都是這樣。」

康諾聳聳肩。「你為什麼一直這樣？」

我搖頭。「真希望能回到以前。」

「艾玟，我也很希望能回到以前，可是我們無法控制一切。」他的手指緩緩梳過義大利麵的毛，我發現康諾的情緒穩定極了，抽動完全沒有發作。

「義大利麵真的是優秀的駱馬醫生。」我說。

康諾微微一笑。「說不定牠以後可以繼續走這一行。」

義大利麵幾乎不吃東西、不走路了，要怎麼擔任駱馬醫生呢？最近我很少看到牠站起來的模樣。

「我想可能來不及了。」我說。

第二十八章

等一切快結束
答應我你會在
等一切快結束
答應我你會在乎

——「駱馬大遊行」

下星期到了學校，我總算鼓起勇氣向藍道打招呼。「嗨。」

他看看四周。「你在跟我說話？」

我點頭。「對。」

「喔，我想說最好別去煩你，所以我正在這麼做。」

看著藍道走遠，我覺得自己的心像是插了一根木樁。我希望他不要理會我，同時又衷心企盼他來找我，平時運轉順利的大腦陷入了前所未見的當機狀態。

我拖著腳步走進餐廳，跟錫安一起坐在老位置。「你怎麼對我哥那麼凶？」我屁

股才剛碰到椅子，他的疑問就飄了過來。

我癱坐在椅子上，什麼都不想吃。「幹麼這樣問？」

「他說你超討厭他。」

「他跟你這樣說？」

「對。」錫安雙手抱在胸前。他替藍道抗議的舉動真的很溫馨。

「我真搞不懂你們。前一秒還在幫對方說話，下一秒又要痛揍對方，接著又幫對方說話。」

「我們是兄弟啊。」

「好吧，我不懂兄弟是什麼概念，我也完全不懂藍道幹麼在乎我對他的態度。」

我望向藍道坐的那桌，「你看他有多少朋友。」

「所以你不能當他的朋友？」

「我當然可以啊。」

「那還有什麼問題嗎？」

「或許我不想當他的朋友！」

「為什麼？你討厭他？」

我砰的一頭栽在餐桌上，喃喃說：「我一點都不討厭他，剛好相反。」

我抬頭看著錫安，額頭陣陣抽痛。他張著嘴，形成一個小小的O。

「拜託別跟任何人說，特別是他。」

「他以為你一點都不喜歡他。」

「很好。」我說：「繼續維持。」

「我不這麼想，我認為你是為了不存在的理由折磨自己，當朋友總比毫無瓜葛好吧。」

我斜眼看他。「舞會之後你有打電話給崔比嗎？」

錫安馬上垂眼看他的三明治。「沒有。」

「為什麼？你們玩得不開心嗎？」

「還可以吧。」

「那為什麼不打電話給她？我覺得她還滿喜歡你啊。」

錫安猛搖頭。「她不可能會喜歡我。」

「那她為什麼要答應跟你一起去返校舞會？」

「你知道她的想法。因為她一直在家自學，從沒想過自己有機會參加舞會。」

「所以說……你覺得她在利用你？你的思維越來越像我外婆了。」

「喬瑟芬？」

「對，你說話就像個老太婆。」

「才怪，我只是在學你，說話像老太婆的人是你。」

那天放學後，穿過驛馬道的中央大街時，我看到亨利坐在搖椅上，便走上前去。

「嗨，亨利。」

他直直看著前方，張著嘴，一動也不動。「亨利？」

他還是不動。我用腳戳戳他。「亨利？」

他緩緩轉頭看我。「嗯？」

「你還好嗎？」我坐進隔壁的搖椅。

「嗯？」他又應了一聲，凝視著空氣。

「亨利？」這回我的語氣更加強硬。

他又看了我一眼，慢吞吞回答：「喔，嗨。」

「嗨。你知道我是誰嗎？」

「艾玟．卡瓦納。」

「不對。我是艾玟．葛林。我去找我爸來。」

走下臺階時，我聽見亨利說：「可是你沒有爸爸啊。」

我跟爸爸扶亨利回到他位在店面二樓的住處，亨利完全搞不清楚狀況，我不確定他是否知道爸爸是誰。

爸爸扶著亨利在床上躺下時，我在小公寓裡走了一圈，希望可以找到關於亨利過去的蛛絲馬跡，可惜這裡空無一物。沒有照片，沒有擺飾，沒有個人物品，只有維生所需的少許家具而已。一個人的家裡應該要有朋友親人的照片、度假帶回來的紀念品、親近的人送他的禮物，想到他在孤兒院裡長大，我就忍不住心痛。想到他多年來就住在這間空蕩蕩的公寓裡，我的心簡直要碎了。

亨利的住處連電視都沒有，只有一小架書本，我掃了書名一眼，發現大多是以前的亞利桑那州旅遊書，我猜想有些書是來自不知道多久以前的紀念品店。這裡感覺就像是旅館房間，而亨利只打算待上幾天。

我坐在老舊的小沙發上等爸爸。他從亨利房裡走出來，坐在我隔壁，揉揉眼睛跟額頭，嘆了口氣。

「他會好起來嗎？」我問。

「不知道。感覺他的狀況越來越糟。」

「有時候還可以。」

「對，可是好日子越來越少。」爸爸摟著我的肩膀，用力抱住我，「小巴巴，我不希望你為了這件事操心，你現在要煩惱的事情已經夠多了。」

但我就是擔心亨利。我擔心他在死前都搞不清楚自己來自何方，不知道有沒有親人正在尋找他的下落。

第二十九章

現在時間到
一切統統要爆
你以為會變好？
你以為瞞得了？

——「尖叫雪貂」

隔天早上，我跟錫安坐在學校的長椅上，他開口問：「亨利還能繼續工作多久？」

「不知道。」我說，「我們留他在園區裡是因為這能給他一個目標，讓他有事情做。我在網路上看過只要老人家不再做事，很快就會過世。」

「你想他是不是快死了？」

「希望不是，可是我不認為他能撐多久。」

「之後他會去哪裡？」

「黃金落日有提供給需要協助的長者的照顧方案，總會有辦法的。」

「他知道嗎？」

「嗯，可是他說他要撐到拿不動冰淇淋杓為止。」我想到那天他拚命挖起冰淇淋，卻灑了滿地都是，或許時候真的到了。

約書亞跟著幾個朋友經過我們面前，他朝我丟了個飛吻，噁心到令人受不了。

「把你的傳染病給我收好。」我對他說。

他轉身，帶著他的朋友走向我們，停在我們面前。「有病的人是誰？」

「看來你分不清楚先天缺陷跟後天疾病的差異。」我說：「或許你該多長點腦袋，說不定能聰明一點。」

「或許你該多長點手臂，才不會像個怪胎。」

我瞪著他，他的朋友在旁邊嘻笑。我決定提出一個問題，從這一切開始的那天起，這個問題就在我腦袋中盤旋。我這麼問不是為了刻意傷害他，或是害他難堪，我只是真的想知道答案。我得要知道答案，這一切總該有個緣由。「你為什麼這麼壞？」

他的笑容暫時消失，看起來是第一次不知道要如何回應。他張開嘴，彷彿是想嗆我幾句，接著又合上嘴巴。等他再次開口，還來不及發出聲音，藍道突然出現在他身旁，約書亞轉身面對他。

「不准靠近他們。」藍道朝約書亞逼近，四周瞬間圍了一小群來看熱鬧的學生，高中生比古羅馬人還喜歡湊熱鬧。

然而約書亞沒有退讓，他的朋友擋在後頭，雖然他一臉緊張，但他有自己的面子要顧。「抱歉。」他說：「我不是故意冒犯你家的胖小弟跟他的怪胎女朋友。」

藍道咬牙，擠出聲音：「你說什麼？」

約書亞站在原處，露出可怕的假笑。「你知道我說什麼。」

這時傳來大人的叫聲：「你們在幹麼？」學生們立刻四散逃離，藍道後退一步，約書亞丟下最後一個噁心的笑容，揚長而去。

一名老師上前詢問：「你們沒事吧？」

藍道背好背包，瞄了我跟錫安一眼。「沒事。」他喃喃說著，轉身離開。

我坐在床上，試著專心寫英文作業，時不時偷瞄書桌上的ＤＮＡ檢驗盒，像是如果不盯好它，它就會彈起來攻擊我似的。這時，放在地上的手機響了，我把雙腳晃到地上。只要看到裂開的螢幕，就會想起那天可怕的遭遇，真是讓人不爽。是錫安，我用腳趾按下接聽跟擴音鍵。

「嗨。」

「嗨。」他的語氣有些忐忑。

「還好嗎？」

「呃，其實不太好。」

「怎麼了？」

「我爸媽心情超差，因為藍道今天退出橄欖球隊。」

我從床邊跳起來。「什麼？為什麼？」

「他跟約書亞在球場上叫罵，教練來勸阻的時候，藍道說他不能跟約書亞待在同一個球隊裡，說他要退出。就這樣丟下頭盔，離開球場。」

我搖搖頭，坐回床上。「不對啊，他不能這樣做，他那麼愛橄欖球。他為什麼要這樣？」

錫安沉默一會才開口：「艾玟，我要跟你說一件事。」

「什麼？」

「我跟藍道說了在購物中心那件事。」

我又跳起來。藍道知道我的奇恥大辱？不、不、不、不。「什麼？什麼時候說的？」

錫安沒有回話。

「什麼時候？」我又問了一次。

「就在他練習前。」

我對著手機大叫：「我這麼信任你，你說你不會告訴別人，為什麼要告訴他？」

「因為他一直問我。」錫安替自己辯護，「問我你為什麼不喜歡他，我說你沒有不喜歡他。」

「你跟他說我喜歡他？」我尖叫。

「我說我認為在約書亞對你做了那件事之後，你一直很害怕，我認為你害怕會再丟臉一次。」

淚水沿著我的臉頰滑落。「來不及了，我還沒有像現在這樣丟臉過。」說完，我按下結束通話鍵。

第三十章

我還沒有備妥
但已經到最後
我不接受
別了我的朋友

——「駱馬大遊行」

隔天的午休時間，我沒去找錫安，我氣他把我的奇恥大辱透露給藍道，這讓我感覺更糟了，彷彿整件事又在我腦海中重演。想到那件事導致藍道退出橄欖球隊，我的心情沉到谷底。

我去圖書館混過午休，獨自找了個位置坐下，期盼康諾在這裡陪我。比起去年初次見到他那天，我覺得現在更孤單了。我東張西望，但這裡除了圖書館員之外沒有別人。

那天下午我在前往公車站的路上看到約書亞，差點放聲尖叫。退出球隊的人應該

是他才對，不是藍道。但最後我沒有尖叫，只是轉身跑走。喬瑟芬說得對，錫安說得對，亨利說得對——我是超級膽小鬼。我成了驚弓之鳥。

下車後，我穿過驛馬道園區，這個時段遊客越來越多，剛好有五、六個人在街上閒晃。今天我無法面對他們的視線，一路跑上冰淇淋店的臺階，去看看亨利狀況如何。

但亨利不在櫃臺後。

「亨利？」我對著後場呼喚，但他沒有走出來，於是我繞過櫃臺。

亨利就這樣趴在地上。我衝上前，跪在他身旁。「亨利！」他對我的叫聲毫無反應。我跳起來，看著冰淇淋店牆上的電話，是那種舊型電話，我不會用，就算我會用，我現在也沒辦法好好通話。

我把書包丟到地上，背帶纏住我的頭髮，我掙扎拉扯，淚水模糊了我的視線，一番工夫後書包總算落地，我踢掉夾腳拖，一屁股坐在地上，往袋子裡面猛翻，但怎樣都找不到手機，浪費太多時間了，我的爛腳找不到那支爛手機！我把袋子翻過來，用腳勾著搖晃，清空所有的東西，亨利可能會因為我太慢找到手機而喪命。

終於，我找到手機，可是愚蠢的胖腳趾在我撥號的時候抖個不停，讓我不斷按錯鍵。「白痴。」我咬牙低喃，淚水滴到螢幕上，「我這個智障……沒用……沒有手的廢物！」我大叫一聲，跳起來，撞開店門，「我需要幫忙！」

爸和媽坐在醫院等候室的紅棕色椅子上，我在灰色的油氈地板上來回踱步。「親愛的。」媽媽說：「你怎麼不坐一下？」

可是我無法坐下，感覺體內的壓力即使跑上好幾哩路都無法解放。

爸爸站起來，一手按著我的背。「不會有事的，艾玟。」他抱住我，把我緊緊按向胸口。

「他在哪裡？」有人驚惶高喊。我在爸爸的襯衫上擦眼睛，抬起頭來，發現是喬瑟芬。「亨利在哪？」

「他正在照核磁共振。」爸爸摸了摸我的頭髮，「他們認為是中風。」

喬瑟芬雙手掩嘴。「喔，不。」

「幸好艾玟及時發現他。醫生說分秒必爭。」爸爸說，低頭對我笑了笑，「如果沒有艾玟，他現在可能就沒命了。」

爸爸這番話應該是為了安慰我，但我擔心得什麼都聽不進去。不只是擔心亨利會死，也害怕他到死都不知道自己的來歷。我不知道為什麼覺得讓他知道這件事很重要。或許是因為我知道猜測自己的身世、猜測親生父母為什麼會放棄自己是什麼樣的感覺，猜想他們是不是後悔了？猜想他們究竟愛不愛你？猜想他們是否知道我的存在？

我的心思飄向還放在書桌上的ＤＮＡ檢驗盒，這時醫生走進等候室，媽媽立刻跳起來。「他狀況如何？」她問。

醫生對我們燦笑。「他狀況很好。」她說：「確實是輕微的中風，不過我們已經透過點滴給他注射抗凝血藥物來溶解造成中風的血栓。他頭部腫了一大塊，一定是跌倒時撞到的，因此我們也要密切觀察這部分。」

「腦部的損傷嚴重嗎？」喬瑟芬問。

「目前說這個還太早。」醫生回應，「等他醒來，我們可以進一步評估他的狀況，看他能不能說話、能理解多少。不過我剛才說過了，這是輕微中風，血塊非常的小，所以希望很大。」她低頭看我，「找到他的人是你？」

我點頭。「我每天放學後都會去看他。」我看了爸媽一眼，「不只是為了吃冰。」

爸媽都笑了，兩個人把我緊緊抱住。醫生說：「要是有更多長輩能獲得定時的關切，就能拯救更多性命。」她握住我的肩膀，「做得好。」

「現在可以看看他嗎？」喬瑟芬問。

「我們還要做更多檢測，所以最快也要到明天了。」醫生說：「他還沒恢復意識，要是他醒來，我會請人聯絡你們。」

現在已經很晚了，就算繼續待在等候室裡也幫不上什麼忙，於是我們決定先回家，回到園區後，我們四個人坐在牛排館裡吃遲來的晚餐。「我認識亨利很久了。」喬瑟芬說著，戳起她的附餐沙拉（這是店裡最近的新菜色），「比誰都久。他很堅強，一定能挺過去。」

「你們都在這裡啊。」丹妮絲走向我們這一桌，「亨利還好嗎？我們都很擔心他。」

「晚點才能確定。」媽媽說：「不過只是輕微中風，醫生說恢復的可能性很高。」

「太好了。」丹妮絲雙手手指扭成一團，看起來完全沒有鬆一口氣，她的視線在我跟餐桌之間飄移，「我真的很不想在這個節骨眼帶來這個消息。」她總算開口，「可是我相信你一定想知道。」

如果又是壞消息，我可能無法承受，為什麼丹妮絲一直看著我？

「是義大利麵。」

每一雙眼睛都轉向我，我的腸胃頓時無比沉重，喉嚨乾得要裂開。「艾玟，我很遺憾。」丹妮絲的嗓子啞了，眼中一片汪洋，「在傍晚的混亂之後，我發現牠……」她吸吸鼻子，抹抹臉頰，「牠走了。」

有時當悲傷過於龐大，你會失去一切感覺，變得麻木。此時此刻，我無法一口氣替亨利、義大利麵、我和錫安的友誼，還有亂成一團的人生哀悼。我想我的淚水已經乾涸了，以前從沒想過會有這種事。

第三十一章

我動不了
意願全消
我做不到
巨大山丘登不了

——「惡魔島之子」

接下來的一個星期，我覺得自己像個行屍走肉，被接二連三的厄運衝擊得無力招架，就算能把思緒化為言語，我也沒辦法跟任何人談。我想找的人離開了，想跟我說話的人都被我推開了，現在我只能寫下心中感受。

我媽跟我說上帝不會帶給我們無法超越的挑戰，所以我生下來沒有雙手，也是

因為祂認為我能克服這個困難，但我現在遭受的挑戰有點超出我的能力範圍，讓我沒辦法處理好兩件以上的事情，目前我大概碰上了一千項難題，不過我先列出二十項就好。

1. 三千個學生。我還沒有跟其中的百分之一當上朋友，連百分之一的百分之一都沒有（意思是三分之一個人）。就是這麼糟，但至少我數學還不錯。
2. 我沒辦法靠著數學功力交朋友。
3. 愚蠢的感情。真希望我沒有這些心思，機器人可以過得很好。
4. 目前我僅存的生涯目標只有隱士、駱馬、機器人。
5. 我每天還是要去上學。
6. 我在網路上看到一篇文章在講「信任障礙」，我相信我有那些症狀。
7. 肥頭應該是死了，艾玟的狼蛛復健中心澈底失敗。
8. 如果我沒在馬術秀登場，大家都會失望透頂。
9. 我好想喝果昔，我好想跟崔比在果昔店裡打混閒聊。
10. 保守祕密太難了，我成了騙子。

11. 我在學校遭到霸凌，不知道該怎麼辦。
12. 我總認為自己很堅強，但只要一個壞傢伙就能把我打倒。我太弱了。
13. 我最要好的朋友正漸漸離我而去，或是找到別的對象取代我。
14. 我必須做出重大的抉擇，可是我沒有足夠的意志力，真希望有人能幫我決定。
15. 亨利在醫院裡與死神搏鬥，要是他死了，他沒有說出口的過去也會跟他一起死去。
16. 大家都說我是膽小鬼。
17. 我真的是膽小鬼。
18. 我喜歡一個人，是真正的喜歡。我希望我沒有喜歡上他。
19. 我喜歡的人正在為了我受苦。
20. 最糟的事情來了，這件事讓我的悲傷提升到無以復加的境界——現在我得要籌劃一場葬禮。

第三十二章

願你知悉
別向我看齊
做自己就可以

——「惡魔島之子」

我望向公車窗外，希望今天不會有人在背後說我壞話，我只是覺得……難過。我看著車門，發現藍道剛好搭上車，我就這樣盯著他沿著走道往後走，尋找位置。我垂下腦袋。

來到我這一排的時候，他停下腳步。「可以坐你隔壁嗎？」

我點頭。

藍道坐在我身旁，用腳把他的背包推到前排座位下。我們靜靜坐了二十分鐘，車上越來越安靜，學生一個接著一個下車。不知道他會不會開口，總之我是不會先搭話的。

髒兮兮的車窗玻璃讓窗外的景色蒙上哀戚的氣息，我覺得腿上一陣刺痛，低頭一看，發現蒼白的大腿上有個小紅點慢慢浮現，我狠狠瞪著藍道。「你剛才……偷戳我？」

他似乎不太服氣。「只是不小心。」

我斜眼看他。「你不小心戳到我的腳？」

「純屬意外。」

「你這個騙子。」我忍不住笑出來。

「對此我一點都不覺得遺憾。」

我笑得更大聲了。「隨便你。」

他聳聳肩。「我做任何事一定都有理由。」

我用力吞口水。「比如說退出橄欖球隊？」

「我說過了，我做任何事都有理由。」我們又沉默好一會，直到他再次開口：

「艾玟，你還好嗎？」

我搖搖頭。「不知道。」

「我對義大利麵的死訊深感遺憾，錫安說你寄信跟他說要舉辦追思會，他說那封電子郵件非常正式。」

「目前我跟他沒什麼話好說。」

「他沮喪極了。我很不想看到你們兩個都這麼難受，你們是最要好的朋友啊。」

「所以我才把最不可告人的祕密託付給他。」

「你還是可以信任他，他絕對不會故意傷害你。可以請你跟他談一談嗎？拜託？」

公車在我要下車的站牌前停下，我隔著骯髒的窗戶，望向驛馬道的停車場，小聲說：「好吧。」

藍道拎起我的包包背帶，掛在我脖子上。「你想你爸媽會不會送我回家？」他小心翼翼的問。

「你做事之前都沒有想過嗎？」

藍道勾起嘴角。「當然有。」

我們默默穿過驛馬道大門，不時偷瞄彼此幾眼。

藍道把背包甩到前面。「我有東西要給你。」他拉開背包拉鍊，抽出一疊紙，另一手翻開我的包包，把那疊紙塞進去。

「這是什麼？」

「到時候就知道了，等你回家再拿出來看。」

「好吧。」

我們繼續往前走，藍道踢了中央大街中間的小石子一腳，石子撞上生鏽的垃圾桶，發出響亮的鏗鏘聲。「下星期就是萬聖節了。」他說。

「嗯，所以呢？」

「所以說我會變裝。」

「才不會。」

「我會。我已經有衣服了。」

「你不能穿那套美國隊長去學校，現在沒有人在變裝了啦，大家會覺得你是奇怪的阿宅。」

藍道停下腳步，表情認真，他把背包甩到一邊肩膀上。「艾玟，你覺得我像是在乎其他人怎麼做、怎麼想的人嗎？」

我看了他一眼，又垂下雙眼，對自己剛才說出口的話感到羞愧萬分。「不是。我不認為你是。」

「你什麼時候才能理解其他人的想法一點都不重要呢？」

我咬住嘴脣，小聲說：「抱歉。」

「別道歉。」

我張開嘴，差點又說了一次「抱歉」。我們走在沙土路上，我看著自己髒兮兮的雙腳，藍道靜靜跟在我身旁。「真希望我能更像你。」我說。

藍道停下來，我也站住不往前走，抬頭看他。他停了好久好久，就只是看著我，細細打量我，彷彿是想看出什麼結論，想把我看透，或許他早就看透了我。最後他說：「我希望你能更像你自己。」

爸爸開車送藍道回家的時候，我馬上鑽進房間，抽出他塞進我包包裡的那疊紙。我坐在地上，盯著那些紙張，用腳趾緩緩翻動。

紙上畫的都是……我。

我披著長長的綠色披風，戴著面罩，炫目的紅髮往四面八方飛舞。

我穿著無臂大師的服裝，在面目猙獰的惡霸面前捍衛我的朋友，用腳趾頭揮舞雙節棍。

我穿著那件紫色背心裙，紅色頭髮中夾雜一絲絲亮紫色，用雙腳彈奏吉他，張著嘴，音符從口中飛出。

我騎在獨角駱馬背上，飛過沒有半片雲朵的沙漠青天。

我……就是我一直想成為的那個人。

第三十三章

你把我往下按
也許我被壓扁
但你停滯不前
我卻有進步空間

——「格格不入」

隔天，我趁著最後兩堂課中間的空檔找到德凡教練的辦公室，輕輕踢了踢門板。

「請進。」他的聲音從辦公室裡傳來。

我用下巴跟肩膀夾住門把開門。他一看到我，訝異的瞪大雙眼。「哈囉，請問需要什麼協助嗎？」

我清清喉嚨，扭動身體調整剛才開門時往前滑的書包。「呃，是的，我是艾玟·葛林。」

「你是藍道弟弟的朋友，對吧？」

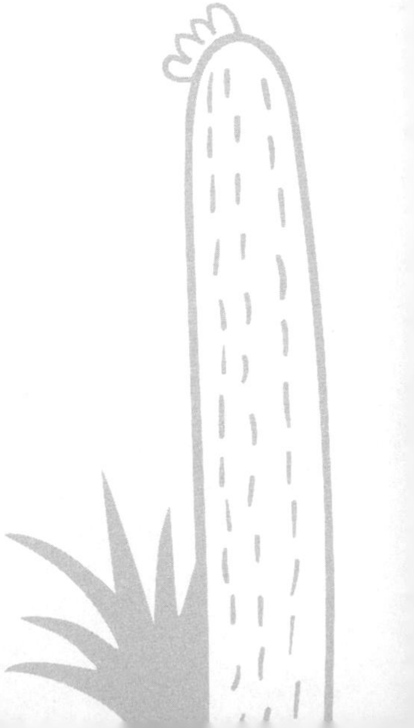

我點頭。

「我有時候會看到你們兩個來看他練球。」

我咬咬嘴唇。「嗯，我想我們有點顯眼。」

他笑了笑。「我不是這個意思。沒有多少人願意在大熱天裡坐在外頭看球隊練習。」他仔細打量我，「你來找我是為了什麼事？」

我有點腿軟，望向小辦公室角落的椅子。「我可以坐下嗎？」

「請坐。」

我坐下來，深呼吸。「我是為了藍道而來。」

德凡教練雙手手肘撐著桌面，上身往前傾，指尖相觸，形成一座尖塔。「對於他退出球隊這件事我相當失望，他是優秀的球員。」

「他退出是為了約書亞．貝克。」

他放下雙手。「是的，他有跟我說。」

「可是他沒告訴你原因。」

「這不重要。」德凡教練說：「我們總會跟別人起衝突，能夠學習與意見不合的人合作也是一件好事。」

我盯著辦公室地上飽經風霜的藍色地毯。「他們不只是意見不合。」我抬頭凝視教練，「這間學校有沒有嚴格的反霸凌政策？」

教練點頭。「當然有。不過我看不出有誰在霸凌藍道，他看起來相當受歡迎。」

「遭到霸凌的不是藍道，是我跟錫安。」

德凡教練皺起眉頭。「你願意告訴我發生了什麼事嗎？」

「是的。」我聽到自己沙啞的嗓音，吞吞口水，清清喉嚨，「我要告訴你一切。」

第三十四章

是時候道別分離
我會永遠記得你
是時候放聲哭泣
但我們永遠心相繫

——「駱馬大遊行」

我坐在自己的床上，盯著床邊小桌上那盒骨灰，又望向書桌上的ＤＮＡ檢驗盒，感覺盒子太多，情緒太複雜。

我聽見外頭的敲門聲，走出房間來到起居室，但媽媽在我之前開了門，康諾跟他媽媽踏進我們家。「嗨。」康諾對我露出傷感的微笑。

「嗨。」我說，「布萊德雷太太，你好。」

她也露出同樣難過的微笑，抱住我。「嗨，艾玟。我很遺憾。」

我在她胸口點頭。「沒事的。」我說。

門沒有關，錫安和藍道帶著他們的父母進屋，我退出布萊德雷太太的懷抱，對他們打招呼：「感謝你們特地前來。」。但錫安只是低頭看著地板。我朝他走近一些。「謝謝你來。」他的視線總算對上我，腦袋還是垂得低低的，額頭皺了起來。我笑了笑，他也勾起嘴角，我們稍微沒那麼僵了。

希爾太太緊緊抱住我，讓我差點吸不到氣。錫安跟康諾有點沒精神的互擊拳頭。我、康諾、錫安坐在沙發上，大人們聊著無聊的事情，就是那種打發時間的無聊話題，我瞄向站在角落的藍道，他對上我的目光。我站起來，走到他身旁。「嗨。」

「嗨。」

「謝謝你來這一趟。」

「這是當然的，我知道牠對你非常重要。」

我點點頭，咬住嘴脣，逼自己別再哭出來。自從上高中之後，我想我流的淚水早就超越過去十四年的人生了。

「約書亞被停學了。」藍道說。

我裝出最驚訝的反應。「是喔？」

藍道盯著我的臉。「對，這代表他沒辦法打橄欖球了。」

我清清喉嚨。「真的嗎？所以說……」

藍道的腦袋朝我靠過來。「我又能回到球隊？」

我點頭。

他臉一亮，笑得燦爛。「對，教練要我回去。」

「太好了。」我踢踢旁邊的牆腳飾板，研究當年水泥匠把灰泥塗成什麼圖案。繼續站在他身旁頓時顯得有點尷尬，我不知道還能說什麼，只好走回去找康諾跟錫安。

「嘿，艾玟。」藍道叫住我，我轉頭，「謝謝。」

「謝什麼？」我問。

「謝謝你挺我。」

我臉紅了。沒想到教練會跟藍道提到我，說我去找他，告訴他發生的一切，包括那場奇恥大辱，以及之後的種種。這是艱難的選擇，但為了讓一切回到正軌，也是必要的做法。「我沒想到他會跟你說。」

藍道笑了笑。「他沒說。」

我想提起他送給我的那些精美畫作，說它們對我有多大的意義、帶給我什麼樣的感受。我拚命編織言語，「你的畫——」我起了個頭。藍道睜大雙眼，期待的看著我，然而這時喬瑟芬走了進來……還帶著米爾福。

房間裡頓時鴉雀無聲。「嗨，喬瑟芬。能見到你真是太好了。」媽媽說，跟喬瑟芬禮貌性擁抱，「這位帥氣的男士是？」

「他是米爾福。」我實在是憋不住笑。

「嗨，艾玟。」他害羞的打招呼，輕輕抱了我一把，喪禮是個充滿擁抱的場合。

「幸會，米爾福。」爸爸說。我對喬瑟芬賊笑，她翻翻白眼。

「他是你的男朋友嗎？」我小聲問。

她哼了一聲。「誰會帶男朋友參加喪禮啊。」

「那是怎樣？」

「只是普通的社交活動。」

丹妮絲、崔比一家、幾名園區員工都抵達後，我們列隊走向驛馬道後方的那座小山丘。我站在我的巨柱仙人掌旁，發現上回我坐在這裡，拿自己遇到的雞毛蒜皮小事跟這棵仙人掌兩百年歲月中見識過的大事相比，已經是一年前的事情了。即便我把自己的問題看待成微不足道的小事，它們依舊對我無比重要。今天也一樣，不過還是有些不同，當時我只有一個人，現在我身旁全是關心我的人。

我穩住呼吸，開口致詞：「義大利麵是最棒的駱馬。牠是優秀的朋友，是高明的傾聽者，牠絕對不會滔滔不絕說著自己的事情，也絕對不會評斷你。」我的嗓子有點啞。

我深呼吸。「牠知道格格不入是什麼樣的感覺。」我看了看四周眾人，視線停在藍道身上，「牠知道被人取笑、傷害是什麼樣的感覺。」藍道皺起眉頭，看起來正在專心做什麼，是在忍住淚水嗎？我移開視線。「有時候好像連雞都會欺負牠。」大家輕笑幾聲，「可是牠太溫和善良，從不反擊。」

「沒有任何人或是動物能取代牠。」我望向丹妮絲，她捧著小小的骨灰盒，盒子好小，義大利麵死的時候瘦得只剩皮包骨。我看著康諾，他已經掏出手機，準備播放我們選好的「駱馬大遊行」歌曲。

「義大利麵，我們會永遠想念你。」我說完，康諾放出那首歌，丹妮絲抹抹眼角，打開盒蓋，往空中揮舞。我們看著那團骨灰飄向藍天，像是在隨著音樂跳舞一般迴旋，接著一陣微風吹來，將骨灰吹向我們，眾人尖叫著跑下山丘，不想被駱馬骨灰沾了一身。

我猜那天每一個人都帶著義大利麵的一部分回家。

第三十五章

你能不能相信自己？
拜託不要將我欺
你自己來行不行？
告訴我你會努力

——「惡魔島之子」

我跟媽媽走進亨利的醫院病房，他躺在床上看向我們，露出虛弱的微笑。我們坐到床邊的椅子，媽媽握住他的手。「亨利，你今天感覺如何？」

「喔。」他的嗓音顫抖含糊，「好多了。」

「嗯，醫生說你是輕微中風。」媽媽雙手輕輕捏了捏他的手，「要過一陣子才能恢復到以前的模樣。」

亨利搖頭。「我覺得我已經好了。」

媽媽撥了撥他稀疏散亂的白髮。「喔，沒有人能確定病情造成的影響。」媽媽轉

頭問我：「要不要我去餐廳買一些飲料？」

我點點頭，她一離開病房，我馬上移動到接近亨利的位置。他喃喃說了些什麼，我靠得更近一些。「亨利，你說什麼？」

他再次低喃，我貼到他臉頰旁。「小艾玟，你現在有幾個男朋友啦？」他的語氣緩慢疲憊。

我靠上椅背，想到藍道。「零個。」我說：「他們也沒有撞壞我家大門，不知道你接下來是不是要問這個。」

「他們會的。」亨利說。

「我不這麼想。」

亨利緩緩轉頭，直視著我，彷彿他不只是想看看我，而是想把我看得一清二楚。他知道我是誰，而且他在……生我的氣。「別這樣。」他開口斥責。

我不敢對上他的視線，眼睛低下盯著白色床單。「抱歉。」

「也不要道歉。」

我吞吞口水，專心看床單。

他摸摸我的下巴，讓我抬頭看他。「可以為我做一件事嗎？」

我點頭。「當然。」

他嘴唇顫抖，一滴淚水滑過布滿皺紋的鬆垮臉頰。「別讓任何人令你覺得自己不夠好。」

「亨利——」我想回話，卻被他制止。

「任何人都不能讓你覺得自己不夠好、不夠聰明、不夠有天分、不夠勇敢。以前我放任別人這麼做，他們傷害了我，讓我遍體鱗傷。不只是身體，連心也是。我一輩子背負著那些傷痛，身旁沒有半個人告訴我，就算是這樣微不足道的人生也是有價值的。可是你有那麼多人愛你、相信你，你的價值遠遠超出你自己的認定，別讓任何人奪走你的價值。」

我吸吸鼻子。「你不要說得像是你要死了一樣，你會好起來的。」

他的淺灰色雙眼泛起水光，灑落在他皺巴巴的臉頰上。「你很好、很聰明、很有天分、很勇敢，你一定要相信這些。可以為我這麼做嗎？你可以相信自己嗎？」

我不太確定是否做得到，可是我不能拒絕亨利。現在不行。「好。我試試看。」

亨利搖搖頭。「別試，相信就對了。」

我閉上雙眼，臉頰靠向他的掌心。「好。」我小聲說：「我會相信自己。」我睜開眼睛，「現在我要請你為我做一件事。」

「趴下。」聽到我的指令，辣椒趴到地上。

我一腿跨過牠的背，馬靴套進馬鐙。「站起來。」

我帶頭辣椒繞著騎馬場走了幾圈，比爾站在中間觀察我們，我拉扯左側轡繩，右腿推擠辣椒的側腹。來到比爾面前時，我叱喝一聲要辣椒停下來。

別試，相信就對了。我低頭看著比爾。「我準備好了。」

他臉上綻放興高采烈的笑容。「真的？」

我點頭。「對，在我膽子用光之前來練吧。」

我帶著辣椒轉身，面向欄杆。「走。」我嘖嘖幾聲，控制牠加快腳步，從快走轉為奔跑。當欄杆近在眼前，我心中卻一片空白。該怎麼做？我什麼都想不起來。在混亂之中，我又嘖了一聲，辣椒拔腿狂奔，我聽見比爾對我們大叫，我從來沒讓辣椒跑得這麼快，我根本撐不住。

下一秒，我們飛到半空中，接著，飛到半空中的人只剩下我。只有我。我離開了馬背。下一秒，我躺在地上，世界漸漸陷入黑暗，在所有的光線消失前，我只想著我會這樣死掉，就跟我的親生媽媽一樣。

第三十六章

我想我有點迷茫
但我會再找到方向
而且今天就做得到

——「惡魔島之子」

好吧，其實我沒死，有時候就需要一點戲劇效果嘛。我清醒過來，發現自己還躺在地上，四張焦急的臉在我面前盤旋——媽媽、爸爸、比爾、辣椒。

「哈囉？」我不太確定發生了什麼事。

「艾玟，沒事。」比爾說：「你摔下來了。」

「摔？從樓上摔下來嗎？」以爸爸的說法，我現在的神智不在線上。

爸媽擔心的互看一眼。「不是的，小巴巴。」爸爸說：「你從馬上摔下來了。」

「喔。」記憶漸漸回到腦中，「我跳過了嗎？」

比爾抓抓鬍鬚。「這個嘛，我會說你跳了一半。」

媽媽轉向比爾。「我們該扶她起來嗎？要不要脫掉她的頭盔？」

「有哪裡會痛嗎？」比爾問。

「頭。」

比爾摘下他的牛仔帽，輕輕對著我的臉搧風。「她可能有腦震盪。」

「可是她有戴頭盔啊。」爸爸說。

「她落地的時候摔得很重，頭盔能保護她的頭骨，但沒辦法防止腦震盪。大腦還是可能受到衝擊，你們最好帶她去看醫生。」

我輪流看了看爸媽。「所以我從馬上摔下來？」

媽媽撫摸我的臉頰。「是的，寶貝。」

「然後我沒有死？」

「沒有，甜心，你當然沒有死。」

「喔。」我自顧自的笑了起來。

「快點送她去看醫生。」媽媽說：「她的反應好怪。」

其實我只是領悟到自己最害怕的事情發生了。我跳了起來，然後摔到地上，撞到頭，甚至昏了過去，可是我活下來了，也就是說我能克服任何難關。

醫生拿手電筒照我的眼睛，要我看著他的手指，轉動我的腦袋確認頸部有沒有異常，還問了我一大堆問題（比如說我有多想吐），最後判定我確實有點腦震盪。

可是我沒死，所以我沒那麼在意。

看完醫生，爸媽帶我去外面吃晚餐，我們坐在昏暗的半開放包廂裡，各自點了漢堡，可惜當我的漢堡上桌時，我反胃得太嚴重，完全吃不下去。

「小巴巴，我們幫你留起來。」爸爸說：「先喝點水吧。」

不知道是腦震盪還是亨利或藍道的影響。真的不知道。總之我坐在包廂裡，面對我的父母，把一切都吐了出來。我不是說胃裡的東西。我傾吐了一切的一切，從進高中的第一天開始——那場奇恥大辱、持續不斷的霸凌、我對亞曼達的忌妒，還有跟藍道之間的事情。

等我總算吐出了所有的心事，大概已經過了一個小時，漢堡早就冷掉了。爸媽默默盯著桌面，媽媽抹了抹臉頰，伸手抱住我。「謝謝你告訴我們發生了什麼事。」

爸爸隔著桌子凝視我。「我要揍爆那個約書亞——」

「班。」媽媽打斷他，「這麼做沒有幫助。艾玟跟以前一樣，正在解決自己的問題。對吧，寶貝？」

我點頭。「我正在努力。」我深吸一口氣，「高中讓我有點失控，不過我可以面對，我相信自己做得到。」

「你可以的。」媽媽說：「現在你先在家裡休息幾天，等康復了再去上學。」

「我已經不怕學校了，而且我一定要在萬聖節前回去。」

第三十七章

來吧認真的活
因為我們從今而後
只剩變老的時候
——「惡魔島之子」

我躺在床上一邊看《星星女孩》的續集，聽著「駱馬大遊行」的歌，努力不去想到義大利麵。我的腦震盪恢復良好，這時電腦發出小小的提示音，告訴我有人寄電子郵件給我。

我放下電子閱讀器，坐到書桌前，看清楚寄件人是誰，緊張的點開那封信，看完一遍又從頭看了一遍，然後再看第三遍。我愣愣坐著好幾分鐘，陷入沉思，心跳加速。然後我起身從包包裡挖出手機，放到前方地板上，以顫抖的腳趾撥出電子郵件裡附上的電話號碼。

一名男性接起電話。「哈囉。」我對著線路另一端說：「我名叫艾玟．葛林。我透過『找到我的親人』公司得知你的聯絡方式。」

「艾玟，真是太不可思議了。」媽媽從車子前座對我說：「我完全沒想到DNA檢驗真的會有結果。完全無法相信。」她吸吸鼻子，擦擦眼睛。

「小巴巴，你打算什麼時候見他？」爸爸問。

「他這兩、三天會飛過來。」我從後座回答。

「他很激動嗎？」

我隔著照後鏡對他微笑。「超級激動。」

媽媽從皮包裡抽出一張面紙，擤了擤鼻涕。「他會激動也是正常的，太不可思議了！」她啞著嗓子說：「仔細想想……多年來他什麼都不知道。」她對著面紙大哭。

「媽，你還好嗎？」

「我現在有情緒化的權利。」

「好吧，你最好早點冷靜下來。」爸爸說：「誰知道會發生這種事呢？」他看著我在照後鏡裡的影像，「我們今晚真的要去嗎？現在還來得及取消嗎？」

「來不及了。」我說。

媽媽用面紙拍拍眼角。「我想一定會很好玩。」

「絕對好玩到爆！」我向他們保證。

「我不知道……」爸爸說。

「記住。今天是你餘生中最年輕的一天，在你還做得到的時候趕快去做。」我說。

媽媽轉身看我，眼睛在黑暗的車子裡瞪得大大的。「艾玟，這句話真是深奧。」

「真的！」我大叫，「從我嘴巴裡冒出來的時候就覺得這句話超級深奧，感覺像是歌詞之類的。」

「嘿，你以前不是會寫歌嗎？」爸爸問。

「是啦，可是都不是什麼好東西。」

「那些歌很棒啊。」媽媽說：「我覺得你現在可以再試試。」

爸爸把我們的小破車停進擁擠的停車場，周圍只有幾盞昏暗的路燈。一下車，我就感受到電吉他的低鳴劃破涼爽的夜風，穩定的鼓聲在我體內脈動。

「我們真的該來這一趟嗎？」爸爸鑽出車外，「我不知道吵鬧的搖滾演唱會對腦震盪有什麼影響。」

「不要說搖滾啦。」我對他說：「聽起來很老氣。」

「那要怎麼講？」

「龐克。別擔心，我會離衝撞區遠遠的。」這次先聽你的。我在心裡補上一句。

「衝撞區是什麼？」穿過停車場途中，媽媽問我。

「那是一塊區域，大家會在裡面跳來跳去、撞來撞去。」

「喔，你絕對不能靠近那邊。」說完，她又對爸爸說：「不過我可能會去試試看。」

爸爸哈哈大笑，搖搖頭。「好啊，蘿拉，我等著看，你再過一百年也做不到。」

媽媽板起臉，直盯著前方那座巨大的灰色磚房，流露出篤定的神情。「我一定會去衝撞區，你最好準備好用手機錄下來當成證據。」

「太開心了。謝謝你們帶我來。」我說。

爸爸一手環上我的肩膀。「小巴巴，你重視的事情，我們也會重視。」

「那下一站就去刺青店！」我大叫。

「不准。」爸媽異口同聲。

我嘆息。「好吧，我想你們再怎麼酷也是有限度的。」

「等你看到我衝撞的模樣，你可能要修改一下你的評價。」媽媽說，「還是應該說衝衝衝？」

我大笑。「衝撞就可以了。」

崔比跟她爸媽已經在會場外等待。崔比緊緊抱住我，大叫：「看到你來好開心！」

她鬆開手那刻，我頓時愣住了。她摸摸剃光的腦袋，頭皮上用染髮筆畫了許多圖案，主要是花朵跟彩虹。「喔對。你覺得如何？」

「看起來超棒的。你為什麼要剪掉頭髮？因為太熱了嗎？」

「我認為頭髮也是我順應『那傢伙』對我的期待的一環。」她說：「感覺超讚的！」她雙手在頭上摸來摸去，蹦蹦跳跳轉圈，「想想看我省下多少洗髮精錢！」

我暫時讓視線離開崔比的頭皮，發現爸媽正在跟她爸媽聊天，想知道果昔店經營得如何，看他們是否喜歡在驛馬道工作，最後爸爸問到「等一下」該怎麼做。

崔比的媽媽拍拍爸爸的肩膀。「班，別擔心，第一次來玩的人不用參加人體衝撞。『尖叫雪貂』是很棒的龐克入門團，沒有太硬核的元素。」

「我真的要進去聽什麼『尖叫雪貂』嗎？他們覺得這個團名很吸引人嗎？」

「爸！」我大叫，「你一定會喜歡他們。他們超棒的！」

我們排隊付入場費跟蓋手章、戴手環，光是聽到從門縫裡炸出來的音樂聲，我都快要樂翻了。壯碩的驗票員看了崔比一眼，叫她伸出手，讓他在手背上蓋「未成年」的印章。「光頭小妞，你不能進二十一禁的區域。」驗票員說。接著他的注意力轉向我，把我上下打量一番，表情認真，想了好一會，抓抓布滿刺青的脖子，往我的肩窩蓋章。

驗票員給我爸媽戴上手環（他要媽出示身分證件的時候她快得意死了），放我們進入擁擠吵鬧又有些悶熱的屋子。

我們一吋一吋逼近舞臺，四周全是唱歌跳舞、大聲嚷嚷的聽眾，他們的年紀大多比崔比還有我大，但肯定比我們的雙親年輕。我們這群人不太符合龐克迷的形象，但我就愛這樣。

我們停在衝撞區外圍的開放空間，裡頭已經是純粹的混亂，四處都看得到有人高高飛起，不時有人被擠出來跌向人群，接著又被人群推回去，我這輩子還沒有碰過如此充滿能量的體驗。

「班！準備錄影！」媽媽大叫一聲，但爸爸只是愣愣看著她撲進衝撞區。

「你不該說她做不到。」我在他耳邊大吼。

爸爸笑著抽出手機，錄下媽媽的模樣，一個臉上穿了十多個洞的小伙子向媽媽伸出手，大聲說：「女士，來吧！」媽媽拍開他的手，下一秒就被其他人撞上，融入混亂之中。爸爸繼續錄影，雖然我們已經找不到媽媽人在何處，但我猜他是在等媽媽探頭透氣，讓他再看一眼。這時我才領悟到爸爸不只是喜歡媽媽，而是真正的喜歡，或許這是全世界最重要的事情。

我在原地看了一會，觀察周遭服裝風格各異的聽眾，彷彿又回到了動漫展，大家都變裝打扮成別人。

可是他們沒有變裝，動漫展的人也沒有穿上造型戲服。藍道扮成美國隊長——以賽亞．布萊德利——跳上咖啡桌，伸展他的泡棉肌肉，這是真正的藍道，而在學校的藍道才是穿上戲服的藍道。我看著隔壁的崔比，看著她五顏六色的光頭，看著她身上那件另一個龐克樂團的背心。崔比從來沒有穿過戲服。我看著她往半空中揮拳，跳上跳下，隨著音樂高歌。她停下來看我，氣喘吁吁，汗流浹背。「艾玟，你在乎什麼？」她大叫：「這裡有誰會在乎呢？」

我閉上雙眼，任由旋律和歌詞滲入我心中。

我現在目光雪亮
還是頭一次這樣
看見自己本相
並非如同他們所想
我就是自己認定的那樣

等我回過神來，我正跟著崔比一起吼出歌詞。她一手攬著我的肩膀，我們一起跳上跳下，又吼又唱，以自己微小的力量與「那傢伙」對抗。

我總算知道我人生中的「那傢伙」到底是誰了。

「那傢伙」就是約書亞跟他的朋友。

「那傢伙」就是態度高高在上的珍妮莎。

「那傢伙」就是每一個叫我怪胎的小鬼。

「那傢伙」就是把美麗冠上狹隘定義的電影、雜誌、書籍。

「那傢伙」就是每一個認為我「少了什麼」的人。

我人生中的「那傢伙」有時候就是……我自己。

我睜開眼睛，看著崔比。她站穩腳步，對我挑眉。「謝謝！」我對她大吼。

她笑了，以同樣的音量回應：「不客氣！」

有時候你不一定會交到意料之中的朋友，有時候你不一定會在自己期望的地方找到自我，有時候只要你敞開心胸，就會發現你比自己想像的還要好上太多。

第三十八章

沒付出就沒成果
起來，動一動，別只會坐
搏、搏、搏
你挺得過

——「尖叫雪貂」

錫安坐在餐桌對面，直盯著我看。「你看起來很棒。」

「閉嘴。」

「我是說真的，我媽幫你弄得很合——」

「要是你再說一個字，我就『功夫』你的臉。」

錫安往嘴裡塞了一根切成條狀的紅蘿蔔，大聲咀嚼吞下。「你好像弄錯用法了。」

「我才不管。」

「只是說說而已，我相信『功夫』不是動詞。」

「只是說說而已，我才不管。」

錫安又咬了一口紅蘿蔔。「你等一下要去討糖果嗎？」

「我們會不會有點太老了？」

錫安皺眉。「會嗎？」

我看著他。「不知道。不會嗎？」

「不知道……會嗎？」

我聳聳肩。「管他的，就去吧。我們可以在自家附近玩。」

「呃，在驛馬道裡面不太算吧？」

就在此時，藍道以我見過最誇張的姿勢衝進學校餐廳，穿著一身泡棉肌肉裝跟藍紅配色的緊身衣，頭戴面罩，太陽穴的位置黏著塑膠翅膀。

他在餐廳裡跑來跑去，化為一道藍色影子，每隔幾秒就停下來，一手擱在額頭上東張西望。幾個學生看著他，笑得亂七八糟。

我駝背往桌下縮，心跳加速，真想把綠色長袍拉起來蓋在頭上。錫安瞪著我，說：「你這個膽小貓。」我挺起背脊，轉向藍道。他看到我，張大嘴巴，接著跳上我們旁邊的餐桌，狠狠指著我。「無臂大師，你竟敢來我的地盤找碴！」他的嗓音響徹餐廳，除了幾聲噴笑之外，周圍一片寂靜。

我微微打顫，站起來面對他。

我是艾玟．葛林。

我很厲害。

我很勇敢。

我很龐克。

我要以我的每一個舉動來對抗「那傢伙」。

「沒錯。」我的語氣比藍道弱太多了。

他跳下桌子，以誇張的動作走向我，左右活動腦袋。我咬住顫抖的嘴脣。他的泡棉胸肌撞上我的泡棉胸肌，我們往後退了半步。「無臂大師，我們又見面了。」

「是啊。」我真想編出更高明的臺詞，在當下擠出稍微有趣一點的回應。

「我總算找到能打敗你的祕密武器！你完蛋了！」

我笑出聲來，臉頰燙到能把培根煎熟。「放馬過來啊！」

藍道一手摟住我的腰，把我拉向他，湊上前，有些猶豫的小聲說：「我可以親你嗎？」

先前以為某個男生要親我的記憶閃過我的腦海，過去幾個星期的恐懼與不安再次湧上心頭，準備控制我的一切。

但我不會讓它們稱心如意。

因為現在跟當時不同，因為藍道跟那個男生不同，因為我比之前的艾玟還要堅強。我點頭，閉上雙眼。信任。再一次。

信任別人的感覺真好。

他的嘴貼上我的脣。

結實。

柔軟。

溫暖。

清涼。

即便我假裝自己從未期待過，但這個吻完全符合我所有的期待。

藍道往後退開，發出誇張的親嘴聲。

我幻想過各種初吻的場景，而這完全不在我的預想之中。不是在隱密的地方，沒有半點氣氛，不像愛情喜劇或是童話故事。我不認為有誰的初吻會跟我一樣，如同我人生中的一切，它百分之百的怪異、逗趣、奇特、不一樣。

藍道以優雅的步伐跑開，一會跳到半空中，高舉一隻手，像是完成了艱鉅的任務。真正的藍道跟學校裡的藍道撞在一起，我看在眼裡，心中一片欣喜。

藍道在餐廳門邊轉身。「無臂大師，我們的帳還沒算完！」他隔空指著我，「我們永遠沒完沒了！永遠！」說完，他衝出門外。

我突然回到現實。學生的吵鬧聲像是剛才什麼都沒發生過似的包圍著我，我坐回錫安對面，他又咬了一口紅蘿蔔，深深嘆氣。「太不現實了。美國隊長跟無臂大師甚至不是同一個漫畫宇宙裡的角色。」

我搖搖頭，腦中嗡嗡作響，脈搏依舊跳得飛快，雙腳往地上一踩。「你真的很宅耶。」

錫安勾起一邊嘴角，我似乎在他的棕色眼珠裡瞥見一絲得意。

我往藍道那桌看了一眼，他還沒回來，不過兩個坐在旁邊的女生正在看我。一對上她們的視線，她們對我笑了笑，然後朝我揮手，我也笑著舉起腳向她們揮了揮。她們格格輕笑，再次揮手。

我想剛才並不是什麼都沒有發生過。

第三十九章

再聚首
我的老友
一起到最後

——「惡魔島之子」

我走進醫院病房，坐在亨利床邊。他轉頭看我，向我打招呼：「哈囉。」

我真心期盼他今天腦袋夠清楚。「嗨，亨利，你知道我是誰嗎？」

他笑了。「艾玟。」

「艾玟．葛林。」

他點點頭。「艾玟．葛林。」

「我在努力了，亨利。我正在照著你的建議做。」

他舔舔皺巴巴的嘴脣。「我很高興。」

「有件重要的事情要跟你說。」我幾乎無法穩住嗓音。

他的臉一亮。「什麼？」

「這個……嗯，有人想見你一面。」

「誰？喬嗎？」

「不是啦，喬剛剛才來過，記得嗎？」

他點頭。「喔，對。」

「她明天會再來，想見你的是別人。」

「誰？」

「等一下。」我起身走出病房，帶著一名男子進來。他推著輪椅，輪椅上坐著一個老爺爺。我坐回亨利床邊。

「他們是誰？」亨利問。

「這是羅伯特。」我替他們介紹，「這是他的父親華特。」兩人一看到亨利，都露出了用力忍住眼淚的表情，「他們從芝加哥飛過來看你。」

「來看我？」

我點頭。「亨利……」我用力吞口水，然後又吞了一次，「華特是你哥哥。」亨利張大嘴巴，盯著那兩人看，「他這輩子都在找你。」

我讓到一旁，羅伯特推著華特來到亨利床邊。亨利的嘴巴張開又合上，張開又合上，嘴脣顫抖。他按下床邊的按鈕，把床的上半部立起來，讓他能夠坐著面對他哥哥。

他們看起來是如此的相像，感覺就像亨利在照鏡子一樣，但鏡子裡的影像比原本就上了年紀的他還要蒼老。

華特伸出虛弱顫抖的手，亨利一把握住。他們凝視彼此，手握著手，口中輕輕喘息，不時吸吸鼻子，直到華特以嘶啞輕細的聲音說：「媽媽跟爸爸死的時候我才五歲，你還是個小娃娃，我想照顧你，可是他們把你帶走。你跟諾拉。她才三歲。」

「諾拉？」亨利問。

「她是我們的姊妹。」華特說：「我不知道她在哪裡，我到現在還找不到她。我以為你們可能都死了，沒想到你在這裡。」

「你一直在找我？」亨利問。

「我用了一輩子的時間找你們。」

接著，他們面對彼此，哭了好久好久。失去的時光太漫長，要流的淚水太多。

第四十章

陪著我
我不會躲
有了你掌舵
終能尋自我

——「惡魔島之子」

康諾把氦氣氣球湊到嘴邊，深吸一口氣。「聽起來如何？」他以高八度的尖嗓子問。

「跟小貓咪沒有兩樣。」我試著用腳把氣球放到氦氣噴嘴上。

康諾吠了一聲，我們忍不住爆笑。「現在你聽起來像是毛茸茸的小博美犬。」我說。

「艾玟，要我幫忙嗎？」亞曼達問。

我搖搖頭。「不用。」我坐在牛排館的餐桌上，一腳踩著椅子，另一腳夾著氣球

伸向氦氣噴嘴，最後總算套了上去，我用腳按下橡膠噴嘴的開關，大聲歡呼：「啊哈！」然而就在我要拆下填滿氦氣的氣球時，它從噴嘴射出來，在店裡到處亂飛，發出響亮的放屁聲。

亞曼達又拿了一顆氣球，在氦氣瓶上充氣，她笑著把氣球送到我嘴邊，我看著她好一會。她眨眨左眼，稍微抽動腦袋。我靠過去，張開嘴，吸了一大口。「對了，亞曼達。」我的聲音變得超級尖銳，「聽說你會彈鋼琴。」

她輕笑幾聲。「對。然後我聽說你會彈吉他，你能用腳彈吉他真的超酷。」

「嗯，說不定我們可以組一個團。」我朝錫安歪歪腦袋，他正忙著往桌上擺紙巾跟刀叉，「他是錫安，最近吉他練得越來越好了，可是康諾都在混。」

康諾聳聳肩。「我想我比較擅長打鼓。」

「很好啊。」我說：「我們的團還缺鼓手。」亞曼達跟我相視而笑。可惡，我好喜歡她，也能理解康諾為什麼也喜歡她。

這時崔比跟她爸媽走了進來。「崔比是我們的內定團員。」我提高音量，讓她也能聽見。

她蹦蹦跳跳地跑向我們，瞪大雙眼。「你們要組團嗎？」

「對，我們需要一個主唱。」

崔比一秒都不浪費，衝上牛排館的小舞臺，拔下支架上的麥克風，吼出一段硬核龐克歌曲。

等她唱完，我們一同拍手拍腳，歡呼叫好。「如何？」她回到我們身旁。

「你是我們的新主唱啦。」

崔比開心的轉圈。「天啊，我一直想加入龐克樂團。」

輪到亞曼達睜大眼睛。「是龐克樂團嗎？一般的龐克樂團裡會有鋼琴手？」

「好像沒有耶。」崔比想了想，往空中揮拳，「這就是我們的獨創特色啦！」

「團名要叫什麼？」康諾問。

我思考幾秒。「『化外之民』如何？」

崔比搖搖頭。「不行，要更獨特一點。」

我抬頭望向藍道。他站在梯子上，往鹿角做的吊燈上掛起彩帶。他低頭對我笑了笑。「你想加入我們的樂團嗎？」我高聲問他。

「天啊，當然好，是什麼樣的團？」

「龐克樂團。」

「我能做什麼？」

我咧嘴一笑。「你可以當我們的迷弟。」

錫安掩嘴憋笑，被藍道狠狠瞪了一眼。「我要把吉他練得比下面那個小鬼還要好，到時候看誰才是迷弟。」

「『尖叫雪貂』的團員才學會幾個吉他和弦，當天就開始錄歌了。」崔比說。

「那我們已經跑在他們前面啦。」藍道說：「艾玟的吉他功力已經是登峰造極。」

我對他笑了笑。「如果你加入的話，我們的團就可以叫做『惡魔島』[6]（Alcatraz）啦。」

「喔，我喜歡。」崔比說，「可是為什麼要叫惡魔島？」

「亞曼達、藍道、康諾、崔比、艾玟、錫安[7]。懂了吧？加起來就是惡魔島。」

「喔。」崔比說，「我還以為是因為我們要以龐克搖滾旋律的偉大力量，幫大家逃出心中的惡魔島監獄，逃離社會加諸在他們身上的期望。」

「也有這個意思啦。」我說。

康諾掏出手機。「不行。已經有這個團了。」他的臉皺了起來，「我不太想跟其他團撞名，混淆大家的視聽。」

我想了想。「那改成惡魔島之子？」

「讚！」崔比歡呼，「我們逃出了社會框架的監獄，進入自由的龐克世界！」

我笑出聲來。「崔比，我不認為你有被囚禁過！」

亞曼達綁起一顆氣球的開口。「所以這是歡迎回家的派對？」

「對。」我說：「同時也是歡送會。」

亞曼達在結上面綁了一條緞帶，讓它飄向天花板。「要迎接誰回家呢？」

「亨利。」

「要離開的人又是誰呢？」

我嘆息。「亨利。」

媽媽扛著裝滿漢堡麵包的大籃子走進來。「誰來幫忙搬配料進來？」她問。

藍道跳下梯子。「我來。」

爸爸把一大盆涼拌高麗菜絲放在桌上，我跟康諾互看一眼，哈哈大笑。

---

6 Alcatraz 是舊金山灣區的一座島嶼，早期曾作為監獄，由於關的都是重刑犯，因此又有「惡魔島」之稱。

7 眾人名字的英文開頭子音分別是 A、L、C、Tr、A、Z，剛好可以湊成 Alcatraz。

「有什麼好笑的？」亞曼達問。

康諾聳聳肩。「內行人才會懂。」

亞曼達的臉一垮。

「我晚點再跟你們講。」我對她和崔比說：「不想現在破壞你們的胃口。」

「嗨，媽。」我看她從袋子裡取出一片片麵包，放到盤子上，「我們要組龐克樂團，既然你們不准我在肩膀上刺青，那你至少要讓我穿鼻環。」

她跟爸爸互看一眼，勾起嘴角。「我們會再考慮看看。」

「太好了！」要是我有手，現在肯定要朝半空中揮拳，擺出勝利姿勢。

爸爸對媽媽小聲說了些話，然後媽媽離開牛排館，這時喬瑟芬帶著米爾福進來。

他輕輕抱了我一下，又慢慢走去幫錫安擺餐桌。

我朝喬瑟芬挑眉，她搖搖頭。「別來鬧我，小妞。」

「你交男朋友了。」

「絕對沒有。」

「喬瑟芬跟米爾福在——」

「閉嘴。」

「親、親——」我迅速說完，「你真的打算給我一個叫米爾福的外公嗎？」

她翻翻白眼。

「喬外婆跟米爾福外公。」我忍不住捉弄她。

她收起氣惱的表情，直盯著我。「怎樣？」

她抿起嘴脣。「沒事。」她眼中浮現淚光。

「天啊，怎麼了？」

她搖搖頭，眨眨眼。「喔，沒事。只是你……你第一次這樣叫我。」

「喔。」我說，「嗯，不要太習慣。」

她擺擺手。「廢話。不用你叫我外婆，我已經覺得自己夠老了。」

我對她笑了笑，她笨拙的拍拍我的肩膀，轉身去跟忙著調檸檬水的丹妮絲聊天。

我發現爸爸上了舞臺，有時候我們會請業餘鄉村樂團在晚餐時段表演，現在爸爸在調整音響設備。「聽說你是今晚的ＤＪ。」

「沒錯。」

「你最好別放那些你喜歡的老套民謠音樂，牛排館裡會像是有人放了大臭屁一樣瞬間淨空。」

他瞇眼瞪我。「你是把鮑伯．狄倫美妙的樂曲比喻成臭屁嗎？」

「他的唱腔聽起來就像嘛。」

「我不知道臭屁會有聲音。」爸爸解開一捆打結的電線，「不是說臭屁不響嗎？」

然後他抬起頭，「啊，來了。」

我轉頭，看到羅伯特推著亨利的輪椅走進用餐區。

「想不到吧？」我們一同高喊。

亨利笑著拍手，力道虛弱。「這是在做什麼啊？」

「亨利，我們幫你辦了驚喜派對。」媽媽說：「慶祝你順利出院。」

一名女性推著亨利的哥哥華特跟在後面，華特說她是羅伯特的妻子。見到華特，大家都興奮極了，迫不及待想聽他訴說尋找弟弟的漫長故事。

總算有機會跟亨利獨處，我跪坐在他的輪椅前。「嗨，亨利。」

他對我微笑。「嗨，小艾玟。」

「亨利。」我吞吞口水，「今天不只是要歡迎你回來，這也是一場歡送會。」

亨利的笑容消失了。「歡送？」

我眨眨眼。「你不覺得差不多到了該退休的時候了嗎？」

他又露出笑容。「是啊，我準備好要退休了。不過我還是會待在這裡。」

我望向華特跟他兒子和媳婦，他們笑得燦爛，與周圍眾人聊天。大家被華特說的某件事逗得哄堂大笑，然後我回頭看著亨利。「他們想帶你一起回家，回芝加哥。他們想好好照顧你。」

亨利搖搖頭。「我不能去芝加哥，我住在這裡。」

「可是他們是你的親人啊，亨利。你不想跟親人待在一起嗎？」

「他們人很好，我非常感激你幫我找到他們，但他們終究是陌生人。」他豎起食指，我順著他的指尖看過去——喬瑟芬，「那是我的親人。」亨利又指著媽媽，「那是我的親人。」接著指向爸爸、丹妮絲，以及驛馬道的其他工作人員，「他們都是我的親人。」他低頭看著我，摸摸我的臉頰，「你是我的親人。」他笑了笑，「親人不只是有血緣關係的人。艾玟，你應該比任何人都清楚。」他拍拍我的臉頰，「我要留在這裡。」

我確實該比任何人都清楚，為什麼我老是覺得自己要學的事情多得不得了呢？

「好吧。」我小聲回應，站起來。

「喬瑟芬說黃金落日的伙食很不錯。」亨利說：「她說那裡有戴安娜牛排。」

我笑了。「你會喜歡那裡的，我會常常去看你。」

他點頭。「這個計畫聽起來真不錯。」

我發現媽媽正看著我，她坐在餐桌旁，面前放著巨大的禮物盒。我走上前，坐到她隔壁，我能從眼角餘光感覺她一直在看我。

我轉頭看她，「怎樣？」

「沒事。」

「到底是怎樣啦？」

「你總是能帶給我不同的驚喜，就只是這樣。」

「你在氣我把ＤＮＡ檢驗盒用在亨利身上嗎？」

「不是。我沒有生氣，只是很驚訝，我以為你會想找到自己的親生爸爸。」

我望向舞臺，爸爸總算解開電線，能夠播放音樂了。「他就在那裡。」我說：「在臺上放那些可怕的音樂。」我起身大叫：「放點別的歌！」我看著藍道上前跟爸爸說了幾句話，接著爸爸換上另一首好聽多了的歌。

我盯著媽媽面前的禮物。「要給亨利的嗎？」

她把盒子推向我。「不，是給你的。」

「給我？」

「我們一直沒送什麼慶祝你上高中。」

「喔，我一直不覺得這有什麼好慶祝的。」我笑了笑，「直到現在。」

「我們本來想留到耶誕節，不過感覺現在時機正好。」她對我挑眉，「對了，你們不是要組龐克樂團嗎？團名是什麼？」

「『惡魔島之子』。」我用腳撕開包裝紙，裡頭是一個黑色帆布袋，我拉下袋子的拉鍊。

「是你的嗎？」崔比在我背後尖叫。

我點點頭，視線離不開我的禮物。

「太酷了！」她說：「對『惡魔島之子』來說太完美了！」

錫安湊過來欣賞我全新的海水綠色電吉他，或者至少假裝在欣賞。「哇，好酷。」他左右調整身體重心，「我知道你有多想跳舞。」他輕聲說著，視線不敢對上崔比。

「你在跟我說話？」崔比問。

他點頭。

崔比爽朗大笑，握住他的手，把他拉到舞池裡，喬瑟芬跟米爾福已經在那裡跳舞了。

藍道來到我身旁，握起我的新吉他。「艾玟，你會用這個搖滾全世界。」

媽媽笑了。「這是當然了。」

他把吉他放回桌上。「我現在再問一次，你願意跟我跳舞嗎？」

我抬頭看他。「跟你說，我從來沒有跳過舞。我不會跳。」

藍道聳聳肩。「也沒什麼難的，你只要這樣就好。」他慵懶的左右搖晃。

我笑出聲來。「好吧，看起來滿簡單的。」

我隨著藍道踏進舞池，當他雙手攬上我的腰時，我憋住呼吸。接著，他和剛才一樣搖擺身體。

「我一直在找機會跟你說一件事。」

「什麼？」

「我好愛你畫的圖。」

藍道的臉亮了起來。「真的？」

「嗯。錫安說過你喜歡畫畫，但我完全不知道你的底細。你真的很有天分，你的作品……很神奇，就像……」我低頭盯著我們的腳，在這麼近的距離，很難跟他四目相接，我不太習慣跟人如此接近。「看起來跟我一模一樣。不只是我的外表，也符合我的內在。」

藍道左右搖擺。「這是我最喜歡的部分。」

我清清喉嚨，命令自己的臉頰不要一下就紅起來。「你那個角色有頭銜嗎？」

「還在想。」藍道說：「目前想到的是『偉大的葛林，阿宅的守護者』。」

我笑了。「她的超能力是什麼？我是說除了腳跟手一樣靈活，還有守護阿宅之外。」

「她想做什麼都做得到，而且也從不在意其他人對她的看法。」

我垂下雙眼，臉頰燒得火熱。「現在是認真的嗎？」我問：「我是說這個舞步？」

「我可以讓你下腰。」

我猛搖頭。「不用了。真的。不要，我不要下腰。」

「為什麼？」

「我沒辦法抓著你，我會摔下去。」

「就把它當成信任的練習。像是往後摔的時候相信會有人接住自己。」

「我知道信任練習是什麼。」

「那你不信任我？」藍道挑眉。

我閉上眼睛，心跳加速。「我信任你。」

下一秒，我整個人往後倒，滿心驚恐，生怕自己會摔到油膩的牛排館地板上，說不定會再腦震盪一次，頭髮上沾滿花生殼跟木屑，不過藍道在這些事情發生前把我拉回來。

「看吧？」他幫我撥開掛在臉上的頭髮，「我沒害你摔下去。」

我大口喘氣，心跳漸漸慢下來。「真的。」

康諾走過來說：「她沒有跟我跳過舞。」

藍道讓到一旁。「請。」

我看著藍道去找亞曼達搭話。

「如何？」康諾問：「你要跟我跳舞嗎？」

「你要先動啊。」

他和藍道一樣，雙手扶著我的腰。我凝視著我的朋友——我最要好的朋友。「現在藍道是你男朋友嗎？」

我聳聳肩。「不知道。我不懂這種事情是如何運作。亞曼達是你的女朋友嗎？」

他搖搖頭，嘖了幾聲。「不，她只是朋友。」他清清喉嚨，「我跟你說一件事，不知道你會不會生氣。」

「什麼事？」

「我想啊——」康諾迅速眨眨眼，「要是你跟我說藍道是你的男朋友，我想我會忌妒。」他紅著臉，吠了一聲。

「可以跟你說一件事嗎？」我問。

他點點頭，沒有看我。

「我有點忌妒亞曼達，我擔心你要拿她來取代我。」

他的嘴角微微上揚。「我絕對不會拿任何人來取代你。」

「我也不會讓任何人取代你。」

我這才領悟到，當你真正在乎某一個人的時候，無論你們隔得多遠，都還是會努力維繫友情。真正的朋友值得你付出一切。「很高興我們還是朋友。」

「我們是永遠的朋友。」康諾說。

「最要好的朋友。」

一首歌結束，爸爸又放了下一首。我忍不住抱怨：「爸，你來真的？」康諾哈哈大笑。

我走上舞臺，狠狠瞪著他，腳尖在地上點了點。「好吧。」他說：「我最親愛的女兒，你要點歌嗎？你想點哪首美妙的龐克歌曲？」

「我要點歌沒錯。」我說：「不過不是龐克。」

第四十一章

優點並不容易找
但是一定會在哪
想找就能找得到

——「惡魔島之子」

隔天，我坐在書桌前，聽樓下酒吧的鋼琴手演奏，〈表演藝人〉今天聽起來沒那麼刺耳了。我打了一篇新的網誌：

好啦，我的高中生活一開始不太順利。是真的很坎坷，就像是光腳走過鋪滿仙人掌跟松果的路面，還有刺蝟。不過狀況開始好轉了，我正在努力找回過去正向的心態，在一切陷入混亂後，我第一次覺得自己做得到。我做得到。我會撐下去。畢竟上高中還是有一些好處的，以下我列出二十項：

1. 三千個學生。三千個未來的朋友。
2. 動漫展。這個活動超酷的！我明年一定要再參加一次，不過應該不會再扮一次無臂大師，或許可以給斷臂俠一個機會，到時候我可以在肩膀上裝備一些戰鬥武器，就算被人找碴也不用擔心（金剛狼，我盯上你了！）
3. 橄欖球賽。特別是有一個超帥、超可愛的球員在場上的時候。
4. 霸凌人的混蛋終究會得到報應。好吧，這一條聽起來很小家子氣，應該要刪掉才對，大家就當作沒看到吧。
5. 代數。我總能掌握數學的訣竅。
6. 萬聖節穿著誇張的服裝上學，不用在乎其他人的眼光。
7. 我決定把「霸凌人的混蛋終究會得到報應」放回清單上。
8. 殭屍狼蛛會長出新的腳起死回生，原來肥頭只是在脫皮。
9. 我把肥頭脫下來的外骨骼放到午餐桌上時，錫安的表情。
10. 見到失散多年的親人重逢，分離從一開始就不是他們的選擇。

11. 騎馬。
12. 初戀。
13. 初吻。
14. 蝴蝶餅放在販賣機的中段。我碰得到，而且我長高了，奇多已經是囊中之物啦。沒錯，它們無法逃出我的魔腳。
15. 我不但長高了，或許還變得更有智慧，讓我不再為了其他人做的事情感到羞愧，因為那些行為與我無關，是他們自己的問題。
16. 聽了第一場龐克演唱會，雖然媽媽回家時眼睛旁邊多了一塊黑青。她得意極了，根本把它當成奧運金牌。
17. 願意為了你在大庭廣眾下出糗的朋友。
18. 願意為了你背負一切風險的朋友。
19. 願意為了你，躺在牛排館油膩膩的地板上，用腳比出〈YMCA〉姿勢的朋友。
20. 即使在你無能為力時，也能看見真正的你的朋友。

第四十二章

沒人能代替你，義麵
我們永遠愛你，義麵
勝過肉丸、焗烤還有千層麵
義麵，義麵，義麵
我們永遠愛你，義麵

——「惡魔島之子」
（出道作，五次付費下載）

我穿著馬靴，昂首闊步的橫越中央大街的沙土地，驛馬道今天人聲鼎沸，在藝術節之後，第一次有這麼多遊客上門。

我進了馬廄，一頭靠上辣椒側腹，感受牠的呼吸。我閉上雙眼，首度體驗到與牠融為一體的感覺，這個同步感是否足夠？等一下就知道了。

「艾玟？」我抬起頭，看到爸媽站在馬廄外。

「小巴巴，準備好了嗎？」爸爸問。

我點頭微笑。「好了。」

媽媽雙手一拍。「我們有個驚喜要給你。」

我跟著他們來到動物互動區，四、五個小孩正在幫山羊刷毛，然後我們來到後場。

「我的天！」一看到那頭小駱馬，我忍不住驚呼，跪坐在牠面前。雖然牠只有三條腿，站得卻很穩。「嗨，小鬼。」我把臉埋進牠柔軟的皮毛，真懷念駱馬皮毛的觸感。

「我們從駱馬救援中心找到牠。」爸爸說：「一看到牠，就知道牠注定是我們的。」

「就像我們第一眼看到你的時候。」媽媽說。

我吞吞口水，親了親牠的頭頂。「牠叫什麼名字？」

爸媽互看一眼，媽媽的笑容收了起來。「媽媽。」

我的視線從媽媽移向爸爸，然後又盯著媽媽。「牠的名字是媽媽？駱馬媽媽？」

媽媽無奈的搖頭。「救援中心的團隊讓他們家三歲的孩子替駱馬取名。」

我緩緩點頭。「啊，這就說得通了。」我的注意回到駱馬身上，「跟你說，換作是我，不是很想頂著媽媽這個名字過一輩子，而且牠還是男生耶。」

爸爸勾起嘴角。「你可以替牠取你喜歡的名字。」

我凝視小駱馬深棕色的雙眼，臉頰蹭了蹭牠奶油色的毛皮。我為義大利麵感到心酸，可是義大利麵已經走了，該放下了，要放下的事情太多。

「你有什麼靈感嗎？」爸爸問。

「我想……」我抬頭對著爸媽笑，「就叫牠千層麵吧。」

「康諾！康諾！康諾！」在中央大街看到他的身影，我連聲大叫，「我有一頭新駱馬了！牠只有三條腿！牠的名字是千層麵！」

他吠了一聲。「酷耶。」

我這才注意到他身旁跟著一名男子，不需要介紹就知道他是康諾的爸爸——這對父子擁有一模一樣的淺棕色雙眼和淡棕色頭髮。

「艾玟，這是我爸。」康諾說。

「喔。」

男子笑了笑。「艾玟，很高興認識你，康諾跟我說了很多你的事情。」

我對康諾挑眉。「真的？」

「真的。」康諾說。

我回頭正視康諾的爸爸。「布萊德雷先生，很高興認識你，康諾也跟我說過許多你的事情。」

布萊德雷先生微微一縮。「希望不全是壞話，雖然被說成怎樣都是我自找的。」

我對他微笑。「沒有那麼糟啦。」

我們走在康諾的爸爸前方，我向康諾小聲提問：「到底是怎麼一回事？」

康諾聳聳肩。「他知道了今天的活動，想見見你，問說可不可以載我過來。我就想……如果是艾玟的話，她會怎麼做？」

我對他勾起嘴角。「那艾玟會怎麼做呢？」

康諾用肩膀推推我。「艾玟會給他第二次機會。」他說：「因為艾玟總是相信人性的光明面。」

我讓康諾跟他爸爸去騎馬場的觀眾席找位置，回到馬廄陪辣椒。我站在牠面前，鞏固決心毫不動搖。「你準備好了嗎？」我問。

牠噴了一口氣作為回應。

「好吧，希望這代表『是』。」我深呼吸，「上場吧。」

牠把腦袋垂到我腳邊，可是我已經穿好馬靴了。「之後要我摸你的臉多少次都沒關係。」

比爾抱著我的頭盔走進馬廄。「艾玟，準備好了嗎？」我點頭，讓他幫我戴上頭盔，固定扣環。他拍拍頭盔側邊。「你知道嗎？我以你為榮。」

「真的？」

「對，沒有幾個摔過馬的人敢回到馬背上。」

我跟辣椒一起走向騎馬場，在心裡咀嚼比爾這句話。那次我真的摔得很慘，但我不打算永遠趴在地上。我要不斷爬起來，無論摔過多少次，沒有人能把我按在地上。誰都不行。

我們來到騎馬場中央。「趴下。」我對辣椒下令，刻意不去在意四面八方的觀眾。牠趴下來，眾人對牠的表現驚嘆不已，牠真的是個聰明的女孩。

我一條腿跨過辣椒，靴子套進馬鐙。「站起來。」辣椒站起來，然後我用腳掌輕輕拍打牠，「走。」我們繞著騎馬場走了一會，「停。」我要牠暫停一會。

這時我才望向觀眾席，看到康諾跟他爸爸，看到錫安跟藍道，看到喬瑟芬跟米爾福跟亨利跟媽媽跟爸爸。我看到崔比，看到我的朋友，看到我的親人。

我輕輕踢了辣椒的側腹一腳。「走。」接近欄杆時，我嘖了一聲，辣椒加快腳步，在我們背後踢出一片塵煙。我又嘖了一聲，辣椒拔腿奔馳，欄杆近在眼前。我們高速前進，亞利桑那州的沙漠熱風迎面而來，我閉上雙眼，接近它，擁抱它。

別試。相信就對了。

我再次飛到半空中，這回我一點都不怕墜落。

少年天下系列 —— 080

仙人掌女孩2：
青春期又怎樣？

作　　者｜達斯蒂．寶林（Dusti Bowling）
譯　　者｜楊佳蓉

責任編輯｜李幼婷
封面設計｜薛慧瑩、蕭旭芳
內頁排版｜旭豐數位排版有限公司
行銷企劃｜張家綺

天下雜誌群創辦人｜殷允芃
董事長兼執行長｜何琦瑜
兒童產品事業群
副總經理｜林彥傑
總編輯｜林欣靜
主編｜李幼婷
版權主任｜何晨瑋、黃微真

出版者｜親子天下股份有限公司
地址｜臺北市104建國北路一段96號4樓
電話｜（02）2509-2800　傳真｜（02）2509-2462
網址｜www.parenting.com.tw
讀者服務專線｜（02）2662-0332　週一～週五：09:00~17:30
傳真｜（02）2662-6048　客服信箱｜parenting@cw.com.tw
法律顧問｜臺英國際商務法律事務所．羅明通律師
製版印刷｜中原造像股份有限公司
總經銷｜大和圖書有限公司　電話：（02）8990-2588

出版日期｜2022年10月第一版第一次印行
定　　價｜360元
書　　號｜BKKNF073P
I S B N｜978-626-305-315-1

訂購服務 ——
親子天下 Shopping｜shopping.parenting.com.tw
海外．大量訂購｜parenting@cw.com.tw
書香花園｜臺北市建國北路二段6巷11號　電話（02）2506-1635
劃撥帳號｜50331356　親子天下股份有限公司

國家圖書館出版品預行編目資料

仙人掌女孩2：青春期又怎樣？ / 達斯蒂．寶林(Dusti Bowling) 文；楊佳蓉譯．-- 第一版．-- 臺北市：親子天下股份有限公司, 2022.10
320面；14.8X21公分．--（少年天下；80）

譯自：Momentous events in the life of a cactus.
ISBN 978-626-305-315-1(平裝)

874.59　　111013849